Un cadáver en el sótano

Norah McClintock

Traducción de
Teresa Marcos Bermejo

ediciones sm

Primera edición: mayo 1999
Sexta edición: mayo 2006

Dirección editorial: Elsa Aguiar
Traducción del inglés: Teresa Marcos Bermejo
Imagén de cubierta: Tino Gatagán
Diseño de la colección: Alfonso Ruano y Pablo Núñez

Título original: *The body in the Basement*

Impresores, 15
Urbanización Prado del Espino
28660 Boadilla del Monte (Madrid)
www.grupo-sm.com

ISBN: 84-348-6549-1
Depósito legal: M-21987-2006
Preimpresión: Grafilia, SL
Impreso en España / *Printed in Spain*
Gohegraf Industrias Gráficas, SL -28977- Casarrubuelos (Madrid)

1

AUNQUE LLEGASE a cumplir ciento dos años y olvidase todo sobre sí misma —su nombre, su fecha de nacimiento, la casa en que se crió—, Tasha Scanlan sabía que siempre recordaría la mañana en la que empezó todo.

Jace Bhupal estaba apoyado en la puerta del laboratorio de informática, haciendo comentarios mientras hojeaba el periódico de la mañana. Ella rebuscaba frenéticamente entre los cuadernos y carpetas de anillas del estante superior de su taquilla, tratando de encontrar sus deberes de química.

—Lo llaman remodelación urbana —masculló Jace disgustado—. Deberían decir demolición de la historia. Mira esto —le puso a Tasha el periódico bajo las narices.

—Ahora no —dijo Tasha.

Apreciaba muchísimo a Jace. Más que mucho, en realidad. Eran muy buenos amigos. Pero él tenía una propensión a hablar —y hablar— de cosas como ordenadores o cachivaches electrónicos o edificios de valor histórico, como estaba haciendo ahora.

—Si no entrego mi tarea, Sparling me va a bajar diez puntos de la nota media.

—Pero van a derribar uno de los monumentos de esta ciudad —dijo Jace—, un lugar que abrió sus puertas en los años veinte y funcionó hasta hace un año. Nómbrame otro restaurante de esta ciudad que haya aguantado tanto. No puedes, ¿verdad? Eso es porque no hay muchos lugares que se puedan comparar con el Café Fireside.

Tasha se puso tensa.

—¿Has dicho el Café Fireside?

—Sí. ¿Por qué? Lo conoces?

Tasha sacudió la cabeza, como para despejarse. Oh, sí que conocía el Café Fireside. Pero era mejor olvidarlo, igual que a su madre. Pensar en el pasado no se lo devolvería. Se había convertido en una experta en apartar de su mente los recuerdos de su madre y del Café, como si hurgase en un armario y arrojase fuera ropas viejas que ya no le venían bien. Si su madre no quería tener nada que ver con Tasha, entonces tampoco Tasha quería tener nada que ver con ella..., al menos eso es lo que se decía a sí misma.

Después le venció la curiosidad. Soltó sus notas de Biología, se estiró y le arrebató a Jace el periódico de las manos. Una fotografía en la página tres mostraba una versión destartalada de un lugar que ella recordaba vívidamente. Aunque parecía desgastado, era el mismo Café Fireside que durante décadas había pertenecido a su familia. ¿Y lo estaban derribando ahora? Tasha se preguntaba si su padre lo sabía, y si lo sabía, por qué no le había dicho nada a ella.

Jace la miraba con el ceño fruncido.

—Tasha, ¿estás bien?

Ella asintió, aunque se sentía bastante lejos de estar bien. La cabeza le daba vueltas. Tenía el estómago revuelto.

—El Café Fireside perteneció a mi bisabuelo —dijo—. Lo abrió un año antes del descalabro de la Bolsa en el año 1929 y superó la Depresión en los años treinta. Después de la Segunda Guerra Mundial lo regentó mi abuelo. Mis padres le relevaron enseguida.

Jace silbó suavemente. Parecía impresionado.

—¿Cómo es que nunca me lo has contado?

Ella se encogió de hombros.

—Mi padre vendió el local antes de conocerte, hace unos cinco años.

—Bueno, sea quien sea el que lo compró es evidente que

no lo ha dirigido bien. Está previsto que la grúa de demolición se ponga en marcha a las nueve de la mañana —comprobó su reloj—. Exactamente dentro de diez minutos. Y será el fin.

Tasha se quedó mirando la fotografía del periódico, sintiendo como si estuviese contemplando una retrospectiva de una vida anterior. Todo parecía exactamente como lo recordaba ella, desde el nombre sobre el gran ventanal hasta la gruesa piedra gris del exterior. Bueno, casi exactamente. Las pequeñas macetas de flores que solían estar colocadas a lo largo de la enorme ventana de la fachada estaban vacías. Por lo que Tasha podía recordar, habían contenido tulipanes a principios de primavera y geranios en verano. Las ventanas con tímpano del segundo piso, aquéllas que habían estado cubiertas con cortinas de encaje blancas como la nieve, estaban abiertas como ojos ciegos. Habían crecido hierbajos entre las grietas de las losas de piedra del patio, donde antes, en verano, se disponían mesas para que los clientes pudiesen comer al aire libre.

—Yo me crié allí prácticamente —dijo Tasha—. Vivíamos justo un par de manzanas más allá. Cuando era pequeña, mi padre era el *chef* del Café y mi madre administraba el local. Eso fue antes de que mi padre abriese su propio restaurante.

Jace asintió con la cabeza. Como casi todos los que conocían a Tasha, estaba familiarizado con la cadena de restaurantes de Lenny y Denny.

—Mi madre volvió a la escuela cuando yo era pequeña, así que contrataron a alguien para que administrase el local. Aunque seguían siendo los propietarios.

Volvió a contemplar la fotografía del periódico y su mente se inundó de más recuerdos: el crepitar del fuego que su padre solía encender cada noche en la gran chimenea de piedra, desde noviembre hasta finales de marzo; la aromática mezcla de madera ardiendo y pavo, ternera o cordero asándose en los hornos de la cocina, el tintineo de los cubiertos de plata, el murmullo secreto de la conversación. Y, lo mejor de todo, el aroma del perfume de su madre, la sedosa suavidad de sus brazos cuando rodeaba a Tasha para abrazarla, el resplandor de su rostro cuando echaba la cabeza atrás para reír. Cómo le gustaba reír a su madre...

—¿Quieres que te acerque allí durante el almuerzo? —preguntó Jace—. Quizá encontremos un recuerdo que puedas llevarte a casa.

Tasha sacudió la cabeza. Era mejor olvidar el Café Fireside, igual que a su madre. Pensar en su madre ya le estaba produciendo un nudo en el estómago y haciendo resurgir una antigua tristeza.

—Gracias —dijo—, pero creo que no.

—¿Estás segura?

—Segurísima —respondió Tasha, apartó de su mente todo pensamiento acerca del Café Fireside y continuó la búsqueda de sus tareas de Química.

No dijo una sola palabra sobre el Café durante el resto del día, ni lo mencionó aquella noche cuando su padre volvió a casa del trabajo. Es mucho más fácil dejar que los amargos recuerdos se desvanezcan. El tema no habría surgido si Denny Durant, el socio de su padre, no hubiese irrumpido justo cuando ella y su padre se estaban sentando a cenar.

—No puedo creer lo que ha ocurrido —bramó Denny, pasando junto a Tasha a grandes zancadas, sin decir siquiera hola—. No puedo creer que hayas «dejado» que suceda, Len. Y nadie me ha dicho una palabra —y elevaba el tono de voz a cada nueva frase y su rostro se ponía cada vez más colorado.

Leonard Scanlan levantó los ojos de su pollo al limón y sonrió.

Tasha jamás podría entender por qué parecía divertirse con la excitable y crispante personalidad de Denny. Pero la verdad es que nunca había sido capaz de comprender cómo los dos seguían siendo socios desde hacía tanto tiempo. Denny era un hombre grande, corpulento, de aspecto estropeado, que, antes de retirarse al negocio de la restauración, había sido un rudo jugador profesional de *hockey*. Su padre era exactamente lo contrario, un hombre esbelto, serio, algo malhumorado, que no sabía nada de deportes pero todo sobre cocina. La fuerte voz y el tono demandante de Denny nunca inmutaban a Leonard Scanlan, pero a Tasha le atacaba los nervios. Ella se sentó, sin un hola por su parte, y empezó a comer.

—Supongo que estás hablando del Café Fireside —dijo el padre de Tasha.

—Por supuesto. ¿Es mucho pedirle a un tío que coja el teléfono y le cuente a otro tío lo que está pasando?

—Denny, has estado fuera del país durante seis semanas —dijo Leonard Scanlan con moderación—. No has llamado ni una sola vez estando de vacaciones para interesarte por el negocio, a pesar de que sabías que íbamos a pasar una auditoría. Tenía bastante que hacer ocupándome de mi trabajo, del tuyo y de contestar a todas las cuestiones de los contables. Dadas las circunstancias, no esperarías que te mantuviese al tanto de todos los pormenores de la ciudad.

—¿«Pormenores»? —explotó Denny—. ¿Derribar el Café Fireside es un pormenor para ti? —sus ojos se encogieron—. ¿Estabas enterado de esto, Lenny?

Leonard Scanlan alzó los hombros.

—Sabía que Jerry Malone había muerto, pero nunca pensé que ocurriría esto.

—¿Quién es Jerry Malone? —preguntó Tasha.

—El último propietario del Café —respondió su padre—. Murió hace un par de semanas. Su hijo no dijo nada de vender el local, dejó que se derrumbase. Aunque debía de tenerlo planeado. No se puede poner a la venta un edificio y derribarlo tan rápido. Quizá lo puso todo en marcha mientras Jerry aún estaba en el hospital.

—Pequeña rata —murmuró Denny—. Siempre te dije que deberías haber conservado ese local, Lenny. Pero no, eras el único encargado. Podíamos haberlo convertido en un nuevo Lenny y Denny.

—No nos hubiese alcanzado el dinero para comprarlo —contestó bruscamente Leonard Scanlan—. Mira, Denny, sobre esa auditoría, y sobre nuestras finanzas en general, tenemos que hablar. Mañana, ¿de acuerdo? Ante todo te quiero en la oficina por la mañana.

—No puedo creerme que esa pequeña rata haya derribado el local. No me puedo creer que Jerry le dejase el local a ese ingrato asqueroso. ¿Es que no sabía cuánta historia tenía, cuánta tradición?

—¿Has oído lo que te he dicho, Denny?

—Pero el Café...

—¡Denny!

Los ojos de Leonard parpadeaban de impaciencia. Tasha notó que se le contraía el estómago. Siempre que esa mirada aparecía en el rostro de su padre, sigificaba problemas. Dentro de un momento, si Denny no acababa con el tema del Café y se centraba en la auditoría, su padre explotaría. Ya desde pequeña se alteraba con su griterío.

—Olvida el Café. Es demasiado tarde —dijo Leonard Scanlan, con tono severo—. Además, si alguien tuviese que disgustarse porque se derribe el Café Fireside, sería yo, Denny, no tú.

Al parecer, Denny se dio cuenta de que había sobrepasado un límite peligroso y levantó sus manos como para rendirse.

—De acuerdo, de acuerdo —dijo—. Considera cerrado el asunto, a menos que decidas que quieres reabrirlo, por supuesto.

—No quiero —dijo Leonard Scanlan, y sonrió. Tasha se sintió aliviada—. ¿Estás seguro de que no tienes hambre?

—Sí, seguro— refunfuñó Denny cuando se levantó para marcharse.

—Mañana por la mañana, Lenny —gritó Leonard tras él—. Lo primero. Tenemos que hablar.

—Vale, vale.

Después de marcharse Denny, Tasha esperó a ver si su padre decía alguna otra cosa sobre el Café Fireside. Se alegró de que no lo hiciese. Estuvo temiéndose que las noticias de la demolición removerían los recuerdos amargos y le entristecerían otra vez. Pero cuando acabó su cena se hizo una taza de café exprés y se preparó frente al televisor para ver un documental sobre leones blancos. Tasha pensó que aquello era todo respecto al Café Fireside.

Estaba equivocada.

La tarde siguiente, mientras cogía un cuchillo para picar un poco de ternera, Leonard Scanlan encendió el pequeño televisor sobre la encimera de la cocina para poder ver las noticias. Una imagen del Café pasó como un destello por la pantalla, seguida de la secuencia de una grúa de demolición chocando contra su fachada de piedra y arrugándola como si fuese de cartón.

Tasha miraba la pantalla de refilón mientras cortaba patatas crudas. De pie, con la demolición como telón de fondo, un periodista se quedó mirando fijamente a la cámara. «¿Quién podía suponer que un terrible secreto se mantenía oculto en el sótano de uno de los restaurantes históricos de esta ciudad?», decía. «Hoy los obreros han descubierto un cuerpo enterrado bajo el viejo Café Fireside, que fue demolido ayer. Hasta ahora la policía se niega a comentar cuánto tiempo podría llevar sepultado en esta tumba de hormigón el cuerpo sin identificar, tampoco han sugerido ninguna teoría como la causa de la muerte».

Tasha se quedó mirando a su padre, que no apartaba los ojos de la pantalla.

—¿Papá? —dijo ella—. ¿Papá?

Leonard Scanlan sacudió la cabeza lentamente cuando apartó su mirada de la televisión.

—Nunca se sabe, ¿verdad? —murmuró suavemente—. Los edificios pueden ser como las personas. Estás casi seguro de que sabes todo lo que hay que saber sobre ellos, y entonces cavas un poco más hondo y, sorpresa, te llevas un impacto de lo más desagradable.

Tasha volvió su mirada al televisor, pero demasiado tarde. En lugar del polvo levantado alrededor de las ruinas del Café, vió un coro de tubos de pasta de dientes bailando. Si preguntaba en voz alta sobre el cuerpo que se había encontrado en el sótano del Café, su padre la reñiría por ser macabra.

—Yo no tengo la misma curiosidad morbosa que parece aquejar a la gente hoy en día —dijo él—. Si no te importa, prefiero dejar todas las especulaciones a la policía.

—Pero, papá, un cadáver en el sótano...

—Lo digo en serio, Tasha.

Aquella noche Tasha no pudo dormir. Aquel cuerpo debía de llevar bajo el Café desde los años veinte, quizá incluso antes. Había leído sobre cosas horribles que habían sucedido en algunos lugares después de la Primera Guerra Mundial. Denominaban a aquella época los felices años veinte, y había sido una época de contrastes, *jazz,* prohibición, gángsteres contrabandistas de alcohol. Por lo que sabía, el Café pudo haber sido un club nocturno antes de que lo comprase su familia. Quizá algunos mafiosos conocidos habían sido asesinados allí. Se preguntó qué habría pensado su abuelo si hubiese descubierto que el sótano de su restaurante ocultaba un secreto tan escabroso. Pero no era ésa la única cosa que seguía en su cabeza.

Tanto hablar sobre el Café le hacía pensar de nuevo en su madre, algo que procuraba no hacer nunca. Cada vez que cerraba los ojos, ahí estaba la cara sonriente de Catherine

Scanlan. Allí estaban también los gritos y acusaciones, los golpes furiosos y los portazos, la noche que su madre se marchó. Tasha había llorado aquella noche. Estuvo llorando días después, mientras su padre la arrullaba y le decía una y otra vez: «Volverá, cariño. Uno de estos días volverá». Pero nunca lo hizo, excepto en los sueños de Tasha.

II

A LA mañana siguiente, frente a una taza de café que hizo desvanecer un poco las vagas sensaciones de una noche sin dormir, Tasha registró el periódico en busca de nuevas noticias sobre el Café Fireside. No había nada. Ni una palabra.

—¿Seguro que estás bien? —dijo Jace, mirándola fijamente por décima vez en menos de dos manzanas.

—Estoy bien —dijo Tasha—. Pero no lo estaré por mucho tiempo si no te pones a mirar la carretera.

—Me preocupas —dijo Jace—. No te ofendas, pero pareces...

—Siempre se te ocurre algo perfecto que decir —dijo Tasha.

—Sólo quería decir...

—Sé lo que querías decir. Que tengo un aspecto...

—Tienes un aspecto estupendo —dijo Jace.

—Eso no es lo que has dicho.

Jace se encogió de hombros.

—Pareces cansada «de verdad». Aunque, además de eso, tienes un aspecto estupendo.

—Astuto —dijo Tasha, sonriéndole—. Muy astuto —se pasó la mano por su pelo castaño—. En serio, estoy bien. Sólo que estoy pensando en el Café. Me ha vuelto a traer un montón de recuerdos.

Jace asintió con la cabeza.

Siguieron el resto del camino a la escuela en un cómodo

silencio. Eso era algo que a Tasha le gustaba de Jace. Podía pasarse horas con él, estudiando o viendo una película, o dando sólo una vuelta por el parque, sin necesidad de tener que hablar siempre. Se conocían desde hacía cinco años, poco después de que Tasha y su padre se mudaran al vecindario en el que vivía Jace, y aunque él era un año mayor que ella se habían hecho pronto amigos. No había nada sobre lo que ella y Jace no pudiesen hablar. Bueno, casi nada.

Últimamente, Tasha se preguntaba sobre la naturaleza de su amistad. Se imaginaba a sí misma dando una vuelta calle abajo cogida de la mano de Jace, o paseando por la acera con su brazo sobre sus hombros o alrededor de su cintura. Le gustaba mirarle furtivamente, atraída por sus brillantes ojos castaños. ¿Cuándo habían cambiado exactamente? ¿En qué momento se habían vuelto tan fascinantes? ¿Por qué ella había tardado tanto tiempo en darse cuenta? Y a veces contemplaba su boca, que por lo general sonreía, e imaginaba cómo se sentiría si él apretase sus labios contra los suyos.

Tras darle vueltas a aquellas cosas, pensó: «¡Idiota!, si sólo somos amigos. Los amigos no fantasean uno con otro». Aunque, también últimamente, cuando descubría a otras chicas, chicas del curso de Jace, mirándole del mismo modo que ella lo hacía, se sentía incómoda. Se preguntaba si él había invitado a alguna de ellas al baile de primavera, o si alguna de ellas le había invitado a él. Se preguntaba a sí misma, pero no a él, porque le faltaba coraje para plantear esa cuestión. Pensaba que no aguantaría recibir la respuesta que esperaba.

Cuando llegaron a la escuela, Jace miró su reloj y propuso:

—Te recojo a la hora de comer, ¿vale?

—¿Tienes prisa? —preguntó Tasha.

Él se encogió de hombros y apartó su mirada de ella.

—He quedado con alguien. Tengo ese nuevo programa en el que prometí participar —dio unos golpecitos sobre el bolsillo de su chaqueta, en el cual, Tasha lo sabía, siempre llevaba dos o tres disquetes, que solían contener algun valioso programa nuevo en el que estaba trabajando.

—Entonces te veo a la hora de comer —aceptó ella.

El chico asintió con la cabeza y salió disparado cruzando el aparcamiento. Tasha entró más despacio en la escuela, y se encontró a Rick Jansen delante de su taquilla. Estaba a un lado, de pie, y le sonrió mientras ella abría la puerta y buscaba los libros que necesitaba para Historia y Biología. Ella le devolvió la sonrisa y se preguntó qué querría. Rick frecuentaba algunas de sus clases, y últimamente había estado mirándola mucho. Muchas veces, como ahora, Tasha estaba segura de que quería decirle algo, pero siempre que ella se le quedaba mirando, él sonreía torpemente y miraba a otro lado. Era desconcertante. Ahora permanecía ahí, mirándose los dedos de sus enormes pies como un gran chico tímido.

Tasha decidió evitarle sufrimientos.

—¿Has estudiado para la prueba de francés de esta mañana? —le preguntó.

—Supongo que más o menos como siempre —dijo él, sonriendo con torpeza—. ¿Y tú?

Tasha asintió con la cabeza. La pausa que siguió a continuación hizo que Rick se avergonzase. Tasha buscó algo, alguna cosa que decir, para acabar con su tortura.

—Espero que no nos pongan a hacer una de esas largas traducciones. ¿Recuerdas la última? Fue el párrafo en francés más difícil con el que me he enfrentado jamás.

—Yo también —dijo Rick.

Entonces sonó el timbre. Tasha no recordaba haber sido tan feliz de escucharlo en toda su vida. Mientras corría hacia la clase, vio un instante a Jace más allá del vestíbulo. Levantó una mano y comenzó a llamarle, pero se quedó sin habla cuando le vio inclinarse hacia delante y besar a la chica que estaba con él. Estaba tan atónita que se quedó parada. Alguien se estampó detrás de ella. Tasha lo oyó, pero no prestó atención a las murmuraciones del chico que ahora se abría paso a su lado. Jace había besado a Sharon Wong, una chica de su curso y, por lo que Tasha sabía, que frecuentaba la mayor parte de sus clases. Se sintió como si le hubiesen pegado una patada en el estómago. Los siguientes días evitó a Jace. No sabía si era para obviar que él le hablase sobre las citas que tenía con Sharon Wong, o es que no confiaba en comportarse amigablemente con él al sentirse tan decepcionada. Después de todo, él era su amigo, no su novio. Podía citarse con quien quisiera, ¿vale? Pero a pesar de intentar ser razonable, se sentía defraudada, casi traicionada.

El viernes por la tarde estaba sentada en clase de inglés, escuchando la lectura que la señora Cardoso hacía de un soneto de Shakespeare, cuando dio la casualidad de que miró hacia la puerta. No estaba segura del motivo por el que había desviado la vista de la profesora. Estaba disfrutando de las poéticas frases del poema y de la voz cantarina de la señora Cardoso..., que casi le habían hecho olvidarse de Jace. Ella no se aburría como los chicos que estaban congregados en la parte de atrás de la clase. Sin embargo, había levantado la vista y se quedó atónita al encontrar a su padre de pie en la puerta de la clase. Su presencia era tan inesperada, tan insólita, que por un momento pensó que estaba viendo visiones. Pero no, estaba allí de verdad, y a pesar de que la puerta se encontraba abierta, llamó con los nudillos. La señora Cardoso dejó de leer. Atravesó la clase e intercambió unas palabras en voz baja con el padre de Tasha.

Cuando caminó por el pasillo hacia la puerta, Tasha sabía que algo iba mal. Su padre nunca había aparecido por su escuela al mediodía. Rara vez había visto una expresión tan sombría en su rostro. Él apoyó una mano en su hombro y la condujo por el vestíbulo, lejos del aula. No dijo ni una palabra.

—Papá, ¿qué pasa?

Su padre la miró detenidamente a los ojos durante lo que

le pareció una eternidad. Su rostro estaba casi gris. Sus hombros caídos, como un hombre cansado al borde del colapso.

—Quería decírtelo yo primero —dijo—. No quería que te lo contase otra persona, o que lo escuchases por la radio o la televisión.

Ahora se había convencido de que ocurría algo terrible.

—¿Qué, papá? —inquirió ella. Su voz retumbó en sus oídos. ¿De verdad estaba gritando, o sus oídos la estaban engañando?—. ¿Qué ha pasado?

—Se trata de tu madre —dijo el hombre—. La... la han encontrado.

¡Habían encontrado a su madre! Una mezcla de recuerdos se agolparon en la mente de Tasha —brillante pelo castaño, elegantes brazos bronceados, un almidonado delantal de cocina, risas felices— y su corazón latió más deprisa. ¿Pero por qué su padre tenía ese aspecto tan terrible, como si hubiese envejecido décadas desde el desayuno? Esperó a que él continuase, inspirando y espirando lentamente y con cuidado, obligándose a sí misma a permanecer tranquila, aunque la cabeza le daba vueltas. Para encontrar a alguien, primero ha tenido que perderse. Pero su madre no estaba perdida. Sólo estaba ausente. Ausente «por voluntad propia». No, no podían ser buenas noticias.

—Tasha, ella está... —la voz de su padre se quebró. Empezó a sollozar y se limpió las lágrimas con el dorso de su mano—. Oh, Tasha, está muerta.

En ese instante Tasha atravesaba un mundo de pesadilla. Sus emociones eran cada vez mayores. El tiempo pasaba con más lentitud. Lo imposible parecía espantosamente real.

«Esto no puede estar sucediendo», pensó, mientras seguía de pie en el lúgubre silencio del pasillo de la segunda planta de la escuela. «Mi madre se *fue*, nos abandonó hace cinco años». ¿Muerta? No podía ser ella.

Se quedó contemplando a su padre, quien había encontrado un pañuelo de papel en uno de los bolsillos de su chaqueta y estaba frotándose los ojos.

—Pero... pero ¿cómo? —preguntó—. ¿Qué ha ocurrido? ¿Ha tenido...? ¿Papá? —le agarró por el brazo—. ¿Ha tenido una especie de accidente?

Su padre sacudió la cabeza. Su rostro reflejaba tal agonía que Tasha comenzó a temblar. La respuesta que se temía podría ser incluso más horrible que las noticias que acababa de recibir.

—Deberíamos ir a casa —dijo él en voz inusualmente baja.

—Pero, papá...

—Te lo contaré todo, Tasha. Pero aquí no.

Él se quedó mirando el pasillo. Tasha siguió su mirada. El reloj sobre el surtidor de agua. El largo pasillo. Dentro de un par de minutos sonaría el timbre y el vestíbulo se llenaría de chicos y profesores, y todos se quedarían contemplando a su padre, que seguía llorando, a pesar de que parecía tratar de no hacerlo.

—De acuerdo, papá —susurró ella.

Le siguió escaleras abajo y fuera de la escuela. Cada escalón significaba una mayor lejanía de la esperanza, de la creencia que había estado albergando todos estos años: que un cambio de ánimo o un momento de añoranza traería nuevamente de vuelta a casa a su madre. Ahora eso no ocurriría jamás. Era demasiado tarde.

El viaje a casa duró sólo unos pocos minutos en silencio. El padre de Tasha parecía enfocar toda su atención en la conducción, y Tasha le dejó. De todos modos, no se atrevió a hablar. Ya habría tiempo para los detalles cuando llegasen.

Un coche gris estaba aparcado junto a la acera, justo en la puerta de la casa de los Scanlan. Dos personas, un hombre y una mujer, salieron de él cuando el padre de Tasha condujo su coche hasta la entrada.

Tasha miró a su padre con ansiedad.

—¿Quiénes son? —preguntó.

—Oficiales de policía —dijo el padre de Tasha—. Esperemos que no sea la prensa.

—¿Oficiales de policía? ¿Qué quieren?

—Supongo que lo averiguaremos —apuntó Leonard Scanlan.

Inspiró profundamente, como armándose de valor para el encuentro, después salió del coche. Tasha vio el destello de una placa a la luz del sol. Eran oficiales de policía.

—Quisiéramos hacerle unas cuantas preguntas, señor Scanlan —dijo el hombre. Sonrió a Tasha cuando ella salió del coche, pero no parecía una mirada amigable.

—Ésta es mi hija Tasha —dijo su padre, y añadió, como explicándose—: Natasha.

El hombre asintió con la cabeza.

—Yo soy el detective Pirelli. Ésta es la detective Marchand.

Tasha saludó con la cabeza. Nunca había conocido a un detective de la policía, y se preguntó qué es lo que querían estos dos.

Entraron todos juntos en la casa. El padre de Tasha no tenía claro si ofrecer café o té, parecía no saber qué hacer.

—Señor, necesitamos hacerle algunas preguntas sobre su esposa —dijo el detective Pirelli.

Leonard Scanlan miró a los detectives, y después a Tasha.

—No..., no he hablado con mi hija —confesó con voz casi quebrada por la tensión de esas simples palabras—. Si pudiese disponer sólo de un momento...

Los detectives intercambiaron miradas.

—¿Qué edad tienes, Tasha? —preguntó la detective Marchand.

—Quince —susurró Tasha. ¿Por qué querían saberlo? ¿Qué tenía que ver su edad?

La detective asintió satisfecha.

—Tómese el tiempo que necesite —le dijo al padre de Tasha—. Esperaremos aquí dentro.

El detective Pirelli y ella se metieron en el cuarto de estar. El padre de Tasha apoyó una mano sobre su hombro y la condujo hacia la cocina.

—¿Qué pasa, papá? —quiso saber Tasha—. ¿Por qué están *ellos* aquí?

No podía entender nada. Su madre estaba muerta, y ahora había dos oficiales de policía en el cuarto de estar esperando a hablar con su padre. Algo muy malo estaba pasando.

—Es sobre lo que han encontrado enterrado..., enterrado bajo el Café —comenzó a decir él. Ni siquiera la miró. Estaba observando por la ventana de la cocina.

—¿Qué? —preguntó Tasha. ¿Por qué no se lo decía abiertamente y le contaba lo que estaba sucediendo? Entonces se dio cuenta de repente—. ¿Mamá? —su voz se ahogó con el horror de la imagen que flotaba ante sus ojos—. No querrás decir que mamá... —no, no podía ser—. Que mamá estaba enterrada... —no pudo decirlo. Nada conseguiría hacérselo decir.

Cuando por fin su padre volvió su rostro hacia ella, tenía las mejillas húmedas por las lágrimas.

—¡No es verdad! —lloró Tasha—. No es ella. ¡No es verdad! —dijo ahora gritando.

—Tasha, por favor...

De repente, la detective Marchand estaba en la cocina, de pie junto al padre de Tasha, hablándole a ella, sus grandes ojos azules llenos de preocupación.

—Tu madre fue enterrada hace mucho tiempo —dijo, con voz tan suave y tranquilizadora que Tasha se preguntó si no tendría dificultades a la hora de arrestar criminales para que la tomasen en serio—. Creemos que hace más o menos cinco años.

—¡No! ¡No! No es ella —dijo Tasha—. No es mi madre —aquello no podía estar sucediendo. Era algo propio de una película: una película de terror, no parte de su vida.

—Cuando tenemos un caso como éste, Tasha, seguimos unos procedimientos para hacer una identificación. Siempre que podamos usar archivos dentales. Pueden resultar realmente de mucha ayuda para decirnos lo que necesitamos saber. A veces tenemos suerte y encontramos otras cosas que nos pueden ayudar. Como una pieza de joyería.

Tasha contuvo la respiración mientras la detective Marchand hurgaba en el bolsillo de su chaqueta. Sacó una pequeña bolsa de plástico y la sostuvo extendida sobre su mano para que Tasha la viese. Dentro de la bolsa había un anillo de diamantes. Los dedos de Tasha temblaban cuando lo cogió. Miró el interior del anillo de plata en busca de las palabras que sabía que estarían allí grabadas, pero las lágrimas la cegaban.

—Tasha, cariño...

Sintió el brazo de su padre rodeándole los hombros y se desplomó contra él, llorando.

—Cuando has dicho que había muerto, yo he pensado... —empezó a decir Tasha, sollozando. Le llevó unos instantes poder volver a hablar. La detective Marchand le puso en la mano un montoncito de pañuelos de papel—. He pensado que quizá había tenido un accidente, que tal vez se había dado un golpe en el coche o algo así. Pero esto... —sollozó acercándose los pañuelos.

—Es muy importante que hablemos ahora con tu padre —dijo la detective Marchand unos instantes después.

—Por favor, Tasha, sube a tu habitación —dijo Leonard Scanlan.

—Pero quiero saber lo que ocurrió. Se trata de mamá. Tengo derecho a saberlo.

—Tasha, por favor —los ojos de su padre, su voz temblorosa, su rostro arrugado le suplicaban.

—¿Me contarás todo lo que digan? —no se dio cuenta de que la detective Marchand aún estaba en la habitación.

Él asintió.

—Todo, papá. ¿Prometido?

—Lo prometo.

Ella le besó la mejilla húmeda y salió de la cocina, mientras la detective Marchand se fue al cuarto de estar. Subió un tercio de las escaleras. Entonces, sin que la viesen, se agachó para escuchar lo que estaban diciendo. Tenía derecho a saber.

—¿Puede decirnos la última vez que vio usted a su mujer, señor Scanlan? —era la voz del detective Pirelli.

Tasha oyó la voz profunda de su padre cuando él habló.

—Fue hace cinco años —dijo—. La noche del dos de agosto.

Una pausa antes de que el detective Pirelli volviese a hablar. Sonaba desconfiado.

—¿Recuerda la fecha exacta?

—Fue la noche de la gran tormenta —contestó Leonard Scanlan—. La noche en que el huracán Bradley causó tantos daños.

Tasha lo recordaba como si hubiese sido hace algunos días, en lugar de años. Había sido una noche oscura. El viento aulló durante toda la noche como un animal salvaje. Tasha se había ocultado en su cama, aterrorizada por los gemidos, que a pesar de todo no ahogaban los gritos en la cocina, justo debajo de su dormitorio.

—¿Puede decirnos qué es lo que pasó aquella noche, señor? —apuntó el detective Pirelli.

—Mi mujer y yo tuvimos una discusión...

Los gritos habían despertado a Tasha. Primero se cubrió la cabeza con las mantas para intentar detener aquel desagradable griterío. No podía recordar exactamente cuándo habían empezado a discutir. Por entonces parecía que siempre estaban en desacuerdo. Incluso peleaban en público, en un centro comercial, en la calle, en el Café. Tasha detestaba que lo hicieran. La gente se volvía a mirarlos. Una vez, cuando discutían en el restaurante, su padre se enfadó tanto que le gritó: «Uno de estos días, Catherine, esto estallará».

—¿Sobre qué discutieron? —preguntó el detective Pirelli.

«Sobre mí», murmuró Tasha para sus adentros. «Estaban discutiendo sobre mí...» *Tengo treinta y cinco años, Leonard*, había gritado su madre. *Si ahora no puedo hacer lo que quiera, ¿cuándo lo hago? Pero tienes una niña*, había dicho su padre. *Quiero una vida, Leonard. ¡Una vida!* A los diez años de edad, Tasha escuchó estas palabras desde arriba, en su habitación, y supo que todo el griterío y el enfado era por su culpa. Sus padres se estaban peleando por su causa. Rodeó sus rodillas con los brazos y se balanceó, y deseó haber dormido durante la tormenta, y que quien estaba furioso en su cocina...

—Señor Scanlan —estaba diciendo el detective Pirelli—, ¿puede recordar sobre qué discutían usted y su mujer?

Pasaron unos instantes antes de que Leonard Scanlan respondiese.

—Discutíamos por todo —dijo—. No nos llevábamos muy bien. Supongo que aquella noche se colmó el vaso.

—¿Qué quiere decir con eso, señor?

—Tuvimos la mayor pelea de nuestro matrimonio, y Catherine se marchó. Ella me abandonó.

Tasha recordaba que el griterío cesó repentinamente. Se puso en cuclillas sobre el suelo, en una esquina de la habitación, junto al conducto de ventilación de la cocina, para escuchar. Esperó, pero solamente escuchó pasos. La puerta de la calle se cerró bruscamente de un portazo.

—¿Dijo adónde se iba?

—No.

—¿Qué ocurrió después de que se marchase?

—Nada —dijo el padre de Tasha—. Yo estaba enfadado y cansado. Al final me fui a la cama. No volví a verla.

—¿No se puso en contacto con usted después de aquello?

—Escribió alguna vez. Recibí un par de cartas desde Vancúver.

Tasha recordaba aquellas cartas. Prácticamente se las había aprendido de memoria de releerlas una y otra vez, buscando algun indicio de que su madre la hubiese perdonado por ser una carga, y de que volvería algun día. Las cartas eran terriblemente breves: «Me he mudado a una bonita pensión. Estoy planeando marcharme». Palabras neutras, frases cortas, sin transmitir nada. Aunque siempre unas pocas palabras para Tasha: «Besos para mi Tasha-Tatas», decía una, usando el apodo infantil de Tasha, un reflejo de su pasión por las patatas: en puré, fritas, hervidas, asadas, era igual. «Abrazos para Tasha-Tatas». Aparte de eso, nada. Tasha no podía encontrar ningun indicio que le insinuase la vuelta de su madre.

—Así que después de marcharse de aquí, se fue a Vancúver —dijo el detective Pirelli—. ¿Tiene usted idea de cuánto tiempo estuvo ella allí?

—La verdad es que no puedo decirlo. Como ya le he dicho, escribió un par de veces. Después, no volvimos a saber de ella.

—¿Nada en absoluto?

Sin contestación. Tasha se imaginó a su padre sacudiendo la cabeza.

—Después de eso, ¿hizo usted algun intento para localizar a su mujer, señor Scanlan?

—Mi mujer me abandonó —dijo él con tono quisquilloso; el mismo tono que empleaba siempre que surgía el tema de su madre. Con el paso de los años, aquel tono había hecho que Tasha temiese preguntarle por ella—. Me dejó bien claro que no quería tener nada que ver conmigo, con Tasha o con el restaurante. Llevaba meses planeando marcharse. Incluso me había vendido su mitad del Café, así tendría dinero para arreglárselas. Si no se hubiese marchado aquella noche, se habría ido una semana después, quizá un mes más tarde.

—Su mujer le abandona, y exceptuando unas pocas cartas nunca volvió a ponerse en contacto con usted o con su hija, ¿y usted no lo encuentra extraño? ¿No intentó contactar con ella?

—Ella fue la única que quiso marcharse —puntualizó Leonard Scanlan—. No yo. Pensé que ella se habría puesto en contacto «conmigo» siempre y cuando le hubiese interesado.

—¿Todavía tiene las cartas que le escribió su mujer? —preguntó la detective Marchand.

—No, no las tengo.

Tasha se quedó atónita. Su padre le había cogido esas cartas para guardarlas en un lugar seguro. Le dijo que las estropearía si las doblaba y desdoblaba tanto.

—Las conservé durante cierto tiempo —otra vez su padre—. Después las rompí y las tiré. No sirve de nada vivir en el pasado.

Tasha no podía creer lo que estaba oyendo. Aquellas cartas eran todo lo que tenía de su madre. Él le había prometido cuidar de ellas y había incumplido su promesa.

—¿Recuerda si llevaban remite? —dijo el detective Pirelli.

—No —murmuró Tasha, y su voz se unió a la respuesta de su padre. Ella lo sabía, porque había deseado desesperadamente escribir a su madre para suplicarle que volviese a casa.

—¿Recuerda cuándo recibió la última carta?

—Supongo que fue unos seis o siete meses después de que me abandonase.

Hubo un momento de silencio, después la detective Marchand dijo:

—¿Sabe usted de alguien que pudiese tener un motivo para asesinar a su mujer?

—Por supuesto que no —respondió el padre de Tasha.

—¿Y no tiene usted idea de cómo acabó en el Café Fireside cuando se suponía que debía estar en Vancúver?

—No.

—¿Nunca se puso en contacto con usted, aparte de las cartas, después de marcharse?

—Nunca.

—¿Y usted estuvo aquí en casa toda la noche?

Una pausa.

—Mi hija tenía entonces diez años. No podía dejarla sola. De hecho, recuerdo, que tuve que subir y consolarla después de que su madre se marchase.

Tasha estrechó sus rodillas entre sus brazos. Su padre era un buen hombre, un trabajador. Había cuidado bien de ella desde que su madre se marchara. Le había enseñado a ser sincera, a hacer siempre lo justo, por difícil que fuese. Sólo porque no quería que la policía se formase una idea equivocada sobre él, se obligó a sí misma a quedarse sentada exactamente donde estaba; se refrenó para no bajar y contradecirle.

III

CUANDO TASHA oyó a los dos detectives levantarse para marcharse, subió las escaleras sigilosamente para que no la viesen. Pero no podía quedarse arriba, habiendo tantas cosas que necesitaba saber. Corrió escaleras abajo.

—¿Cómo sucedió? —preguntó a los dos detectives. Ellos la miraron sin comprender, como si no la hubiesen entendido—. Mi madre, ¿cómo fue...? —aquí se atrancó—. ¿Cómo... —la palabra era tan difícil—... murió?

Su padre cambió de color.

—Por favor, Tasha, no —le suplicó.

—A veces es mejor no saber nada —dijo la detective Marchand.

Tasha se estiró, tenía una estatura tan adulta como cualquiera de los que se encontraban en el vestíbulo, y estaba tan decidida a conocer la verdad como ellos a ocultársela.

—Los últimos cinco años he creído que mi madre estaba viviendo felizmente en otra parte del país. Incluso empecé a odiarla por ello. Pensé que se había olvidado completamente de mí, o que le traía sin cuidado. Pero nunca perdí la esperanza de que volvería. Recé para que escribiese o llamase por teléfono. Nada. Ahora descubro que todo este tiempo ella... —era tan duro, pero nunca resultaría más fácil—. Creo que tengo derecho a saber cómo ocurrió.

La detective Marchand se acercó tanto que Tasha vio manchas de color violeta en sus profundos ojos azules. Eran los ojos más bonitos que había visto jamás.

—Te lo diré si es que de verdad quieres saberlo —dijo la detective con una voz tan suave como la seda—. Pero antes quiero que sepas algo. Llevo en este trabajo casi diez años, y he tenido que dar un montón de malas noticias a un montón de familias. La mayoría quisieron saber lo mismo que tú me estás preguntando, ¿cómo ocurrió? La mayoría se arrepintieron de haberlo preguntado.

A Tasha se le llenaron los ojos de lágrimas. Se las limpió, obligándose a ser fuerte y se mantuvo firme.

—Quiero saberlo.

La detective Marchand miró al detective Pirelli, quien se encogió de hombros. Él no parecía tan afectado como ella.

—Probablemente, la prensa va a recoger la noticia, si no lo ha hecho ya —opinó él—. Lo leerá y lo verá en televisión durante las próximas semanas. Todos nosotros.

El padre de Tasha no dijo nada, pero asintió con la cabeza.

La detective Marchand parecía triste y cansada.

—De acuerdo —susurró, soportando la mirada de Tasha—. El juez de instrucción cree que el arma fue un cuchillo o tal vez una cuchilla. Algo grande y afilado. Los huesos se astillaron. Quien la atacó, lo hizo con mucha fuerza.

Tasha retrocedió. Levantó su mano para hacer callar a la detective Marchand. Las lágrimas rodaron por sus mejillas y esta vez no pudo hacer nada para detenerlas. La detective Marchand tenía razón. Era mejor no saber nada.

Aquella noche, mientras estaba acostada en su cama, Tasha trató de borrar las palabras de la detective de su mente. Habría sido más fácil olvidarse de las caries con un torno de dentista chirriando en su oído. Docenas de recuerdos se agolpaban en su cabeza: el rostro de su madre, el aullar del viento y la lluvia torrencial la noche en que ella desapareció, los amargos gritos abajo en la cocina. Recordó el terror que había sentido cuando escuchó por fin el portazo. Esperó mucho tiempo a que se abriese de nuevo, pero no fue así. Sólo hubo silencio.

Ahora sabía que no había habido silencio aquella noche, no con el viento azotando los árboles al otro lado de su ventana. Fuera, la tormenta siguió rugiendo. Sólo habían cesado los gritos. La ausencia de los mismos sacaron a Tasha de su cama y la llevaron a acurrucarse escaleras abajo, temerosa de lo que se encontraría al fondo. No encontró nada. Estaba sola en la casa.

«Mi hija tenía entonces diez años», le había dicho su padre al detective Pirelli. «No podía dejarla sola. De hecho, recuerdo que tuve que subir y consolarla después de que su madre se marchase».

Pero la única persona que había estado aquella noche entre las cuatro paredes de la casa era Tasha.

Había sentido frío. Había entrado sigilosamente en todas las habitaciones: la cocina, donde su madre y su padre habían estado discutiendo; el estudio, donde su padre se sentaba cada noche planificando menús para los días siguientes. No había nadie. Con piernas temblorosas se había armado de valor para subir por las escaleras a la habitación de sus padres. También estaba vacía.

Por el camino un relámpago cruzó el cielo, proyectando en la habitación sombras espantosas, que la aterrorizaron y provocaron que sus ojos se llenaran de lágrimas calientes. Los truenos siguieron a los relámpagos con el estruendo de un maremoto, abrumadores, interminables, estallando contra la casa y agitando sus cimientos. Tasha se tiró de cabeza en la cama y se enterró bajo las mantas. Allí la consoló un poco el aroma del perfume de su madre sobre la almohada.

Permaneció echada mucho tiempo, con los ojos abiertos por el miedo, deseando que sus padres volviesen.

Lo siguiente que descubrió fue la luz del sol brillando a través de la ventana. Se despertó en su propia habitación, metida entre sus propias mantas, sin estar segura de si los acontecimientos de la noche anterior habían sido una pesadilla o algo real. Una pesadilla, decidió por fin. Sus padres no la habrían dejado sola en mitad de la noche.

Reconfortada por esta conclusión —por supuesto todo estaba bien, por supuesto sus padres no la abandonarían nunca—, había saltado de su cama y cruzado el vestíbulo hasta la habitación de ellos. Primero vio las patas de la cama, y las mantas arrugadas sobre ella, y casi aulló de alegría..., sus padres estaban allí. Había sido un mal sueño y nada más.

Pero solo había una persona en la cama. Su padre estaba tumbado boca arriba, con la boca abierta. Roncaba.

Tasha había sentido pánico, pero sólo un instante. Su madre era muy madrugadora. Probablemente estaba abajo. Tal vez estuviese poniendo la mesa para el desayuno.

Pero la cocina estaba vacía. Todo el piso de abajo estaba desierto. Entonces, cuando se dio la vuelta para subir, vio los zapatos de su padre, sobre un charco en el recibidor.

Ahora Tasha estaba tumbada en su cama, mirando al techo. ¿Había olvidado su padre que había salido aquella noche, o le había mentido conscientemente a la policía?

Al día siguiente, Tasha no se molestó en vestirse. Su padre también se quedó en casa en lugar de ir al restaurante, a pesar de que el sábado era su día más ajetreado. La mayor parte del tiempo estuvo tan callado como ella. Ella escuchó su voz una o dos veces, muy baja, como si estuviese hablando por teléfono. No sabía quién era el interlocutor, no importaba. Sólo podía pensar en su madre.

—¿Estás bien? —preguntó Jace cuando se pasó por allí el domingo por la tarde. Tasha no había querido bajar a verle, pero su padre insistió. Jace le dedicó una sonrisa, pero había tanta tristeza bajo ella, que era como una capa de pintura plantada sobre una pared desconchada y arrugada.

—Me he enterado de lo ocurrido —explicó él—. En las noticias.

Tasha se hundió en el sofá del cuarto de estar. El detective Pirelli tenía razón. Los medios de comunicación se habían hecho con la historia. Estaba en los diarios, en televisión, en la radio. Era inevitable.

Jace se sentó a su lado.

—Siento mucho lo ocurrido, Tasha —dijo Jace—. Quisiera poder decirte que sé cómo te sientes, pero...

Tasha asintió con la cabeza. Últimamente sentía como si su madre se hubiese marchado un par de semanas antes. Sin embargo, iba a pasar mucho, mucho tiempo sin verla... Después pensó que no sucedería nada que pudiese hacerla sentir peor. Se equivocaba. Durante un instante ni ella ni Jace hablaron. Por una vez, el silencio entre ellos fue todo menos cómodo.

—Me gustaría poder hacer algo —dijo él, por fin—. Me gustaría poder hacer algo para que todo esto pasara.

—No puedes. Nadie puede. Aunque supongo que sobreviré —dijo ella, más por hacerle sentir mejor que por auténtica convicción. La vida le reservaría algun acontecimiento, pero no estaba segura de quererlo, no si la hacía sentir así.

—Voy a volver mañana a la escuela. No podemos arreglar lo del funeral hasta... Hasta que el informe de la autopsia esté completo.

No podía creerse lo que estaba diciendo ahora. Parecía imposible que estuviese viviendo una vida que implicase autopsias, tratos con la policía, investigaciones criminales.

—Te recogeré si quieres —dijo Jace.

Tasha sabía cuánto deseaba hacer algo por ella.

—Eso estaría bien.

Sería mucho más fácil entrar en la escuela con Jace que ir sola. Siguieron sentados juntos unos minutos más, después Jace puso su brazo sobre sus hombros. Tasha reclinó su cabeza sobre él y cerró los ojos.

Volver a la escuela al día siguiente fue una de las cosas más duras que había hecho nunca. Todos sabían lo que había ocurrido. Todos se quedaron mirándola cuando cruzó con Jace el aparcamiento de la escuela. Chicos a los que conocía bien, y otros a los que apenas conocía, fueron a ofrecerle sus condolencias. Rick Jansen se ruborizó y apenas pudo mirarla cuando le dijo cuánto sentía lo que había oído, según él «las terribles noticias». Algunos chicos se entretuvieron más de lo necesario después de expresarle su simpatía, y Tasha no podía dejar de pensar que estaban esperando detalles que no habían sido incluidos en las informaciones de las noticias. Deseó haber podido quedarse en casa para siempre.

—Día cuatro —dijo Jace tres días después—. Si puedes superarlo hoy, te aguarda una gran recompensa.

—¿Sí? —Tasha estaba cansada de que la mirasen. Le molestaba que los chicos hablasen de ella. Los reportajes diarios sobre su madre le hacían imposible quitarse de la cabeza todo el asunto aún por unas pocas horas. Pero cuando estaba con Jace se sentía normal, bueno, lo más normal posible—. ¿Qué recompensa? ¿Voy a ganar un premio?

—Seguro —Jace le sonrió maliciosamente—. Si lo consigues hoy, me ocuparé de que mañana sea declarado viernes.

—Buen trato —dijo Tasha, devolviéndole la sonrisa y pensando en la suerte de tener un amigo que se preocupaba de tratar que se sintiese mejor y no peor—. Aunque hoy no lo consiga, mañana será viernes. Otro día de clase.

—Cierto. Sólo un día más de clase. Seguido por el acontecimiento más estupendo que has vivido hace mucho, mucho tiempo.

Tasha frunció el ceño. ¿De qué estaba hablando?

Jace sonrió y echó mano a su bolsillo.

—¡Tasha! —dijo cuando sacó lo que parecía un par de entradas—. ¡El concierto de My Sanity! Quinta fila central.

Ella se quedó mirando las entradas con exagerada sospecha. ¿Cómo se las había arreglado para hacerse con ellas?

—Pensaba que hacía un mes que se habían agotado —dijo ella.

—Hace seis semanas, para ser exactos —contestó Jace.

—¿Has tenido esas entradas durante seis semanas y me lo cuentas ahora?

En realidad, las tengo hace unos seis días. Se las compré a Sharon Wong la semana pasada.

Tasha se quedó pasmada. Sharon Wong... La semana pasada Jace había besado a Sharon en el vestíbulo de la escuela.

—Su hermano trabaja para una agencia de reservas —explicó Jace—. Tiene acceso a las entradas para los conjuntos más populares —parecía complacido consigo mismo.

—¿Y Sharon te consiguió las entradas?

Jace levantó los hombros.

—Me lo debía. Le dediqué un montón de tiempo ayudándola con un proyecto informático el último trimestre. No tiene lo que tú llamas aptitudes innatas para la informática. A cambio, ella me prometió entradas para el espectáculo que yo eligiese. Aunque no estaba seguro de que estuviese dispuesta a traerlas. Valen su peso en oro... No me lo podía creer cuando la semana pasada me dijo que las tenía.

Así que no había nada especial entre Jace y Sharon. Se trataba de deberes.

—Eh —dijo Jace—, ¿algo va mal?

—No. Nada —había besado a Sharon porque ella le había dado un par de entradas para el concierto más popular del año—. Creo que es estupendo.

Jace la miró detenidamente, como si estuviese intentando leer en su cara lo que había en su corazón.

—He hecho algo mal, ¿no? Probablemente es inoportuno. Mira, si no te apetece ir, no hay problema —se volvió a meter las entradas en el bolsillo—. Sólo intentaba hacerte sentir mejor.

—No has hecho nada mal —dijo Tasha rápidamente—. A veces pienso que me habría vuelto loca sin ti. Eres la única persona que no me mira como si fuese una especie de bicho raro —le besó en la mejilla impetuosamente. Él pareció sorprenderse tanto que ella se rió por primera vez desde hacía días. Le sentó bien.

—¡El concierto ha sido fabuloso! —dijo Tasha con entusiasmo cuando Jace y ella se dirigían de vuelta al coche. Iba dando brincos a su lado, con la cabeza llena de música—. Gracias, gracias, gracias.

—Deberías darle las gracias a Sharon —Jace parecía tan alegre como ella, y se había pasado toda la velada sonriendo.

Estaba feliz por haberla hecho feliz, pensó Tasha, y eso la llenaba de alegría.

—Haré lo posible para verla pronto —le prometió.

Pararon a comprar una pizza, y se la comieron mientras comentaban el espectáculo; después Jace la llevó de regreso. Cuando se acercaban a su casa, Tasha comenzó a preguntarse si ésta sería su noche... Él la había llevado a un concierto. Quizá esta noche, cuando él la dejara a la puerta de su casa, la besaría. Quizá esta noche él pasaría de ser su mejor amigo a ser su novio. Ella así lo esperaba. Ella ansiaba que ocurriese. Sintió un cosquilleo por todas partes cuando él torció hacia su calle. Después se quedó helada.

Al ver que los saludaban, Jace guiñó los ojos.

—Hay un coche de la policía delante de tu casa.

—Dos coches de policía —dijo Tasha, asombrada de poder hablar con el corazón en la garganta.

El coche gris que pertenecía a los detectives Pirelli y Marchand estaba aparcado detrás de un coche patrulla con las luces intermitentes. ¿Qué estaban haciendo allí? ¿Qué había ocurrido? ¿Se había hecho daño su padre?

Saltó del coche de Jace antes de que éste se hubiese detenido del todo, y estaba a mitad de camino cuando se abrió la puerta de la calle. Salió la detective Marchand, seguida por el padre de Tasha y dos oficiales de policía uniformados. El detective Pirelli los seguía.

—¡Papá! —gritó Tasha—. Papá, ¿qué ocurre?

Leonard Scanlan, con el rostro pálido por el brillante resplandor de la luz del porche, la miró con tristeza. Se encogió de hombros como disculpándose.

Tasha intentó correr hacia él, pero la detective Marchand la retuvo mientras su padre continuó camino abajo. Cuando pasó, Tasha vio que llevaba las manos esposadas a la espalda.

—¿Qué están haciendo? —gritó—. ¿Dónde van a llevarse a mi padre?

—Está arrestado, Tasha —dijo la detective Marchand con voz tranquila.

¿Arrestado? No era posible. Tasha miró desesperadamente hacia la calle. Jace había bajado de su coche y contemplaba pasmado y en silencio cómo sentaban a Leonard Scanlan en la parte trasera del coche patrulla.

—¿Por qué le arrestan? —inquirió Tasha—. ¿Qué ha hecho?

La detective Marchand se volvió hacia ella.

—Tu padre está arrestado por el asesinato de tu madre.

IV

—SI VA A llevarse a mi padre a la comisaría, yo también voy —dijo Tasha.

La detective Marchand abrió la boca para decir algo. Tasha estaba segura de que iba a discutir. En lugar de eso dijo:

—Creo que es una buena idea, Tasha. Tenemos que hacerte algunas preguntas, y parece que no importa lo que pase, tu padre no será puesto en libertad esta noche. Eso significa que tendremos que buscarte algun sitio donde puedas quedarte.

—Puede quedarse en mi casa —dijo Jace, adelantándose tan de repente que casi asustó a la detective Marchand—. Hablaré con mis padres, Tasha, y te recogeré en la comisaría, ¿vale?

—De acuerdo —respondió Tasha. Extendió la mano y tocó la suya. Él la sostuvo un momento, después la besó, tan rápidamente que Tasha no tuvo tiempo ni de sorprenderse. Mientras le contemplaba correr de vuelta al coche, se tocó con los dedos el sitio aún caliente en el que los labios de él habían rozado su piel.

Se sentó en silencio en el asiento trasero del coche de los detectives. No era posible, se dijo una y otra vez. No era posible que hubiesen detenido a su padre. ¿Cómo podían creerle capaz de asesinar?

Cuando por fin pararon frente a la comisaría, Tasha vio que ayudaban a su padre a salir de la parte trasera del coche patrulla. Los flashes de las cámaras iluminaron la noche mientras era conducido entre una pequeña muchedumbre.

—Maldita prensa —murmuró la detective Marchand—. Llevémosla por el camino de atrás, Pirelli.

Tasha entraba en una comisaría por primera vez en su vida. Se sorprendió de lo concurrida y ruidosa que era. Docenas de sonidos zumbaban por el lugar: el clic clac de los dedos sobre el teclado de los ordenadores, el murmullo de las conversaciones, los gritos entrecortados. Había gente por todas partes: en los escritorios, agachadas en sillas de aspecto poco confortable, apretujándose al pasar unos junto a otros. Si la comisaría tenía ese ajetreo ya cercana la medianoche, bien podría imaginarse lo congestionada que estaría durante el día.

—Por aquí —dijo la detective Marchand poniendo una mano sobre el hombro de Tasha para guiarla hacia un tramo de escaleras. Arriba condujo a Tasha hacia un pequeño cuarto, que parecía abarrotado a pesar de las pocas piezas de mobiliario que contenía: una mesa llena de rozaduras y cuatro sillas estropeadas—. Volveré enseguida.

—¿Dónde está mi padre?

—Lo están interrogando.

Quiero verle.

—Veré lo que puedo hacer —dijo la detective—. Lo prometo. Pero primero tenemos que hablar tú y yo. Quédate aquí. Volveré en un minuto.

Tasha se sentó y se quedó mirando el suelo cubierto de mugre. La detective Marchand volvió unos minutos más tarde, acompañada por una mujer de cabellos grises y un vestido estampado de flores.

—Ésta es la señora Evans. Es asistente social. Va estar presente en nuestra conversación, ¿de acuerdo, Tasha?

Tasha miró a la mujer, la cual le sonrió.

—Quiero ver a mi padre —repitió la chica.

—Veremos qué podemos hacer —dijo la señora Evans—. Pero primero la policía quiere hacerte algunas preguntas.

—Vamos a grabar en vídeo nuestra conversación, ¿de acuerdo, Tasha? —preguntó la detective Marchand.

—¿Por qué?

—Eres una menor. Queremos grabar nuestra conversación, así cualquiera puede ver que aquí no hay coacción, que estás hablando conmigo porque quieres. La señora Evans está aquí para garantizarlo. ¿Vale?

—Mi padre no ha hecho nada —dijo Tasha bruscamente.

—¿No tienes inconveniente en que grabemos esto, Tasha? —repitió la detective Marchand.

Tasha asintió con la cabeza, todavía enfadada.

—Bien —dijo la detective Marchand. Le echó una ojeada al espejo que ocupaba casi toda una pared. No sólo estaba siendo grabada en vídeo, estaba siendo observada.

—Mírame, Tasha —dijo la detective Marchand, tranquila pero firme. Tasha se obligó a mirarla directamente a los ojos salpicados de violeta—. Tengo que hacerte algunas preguntas, Tasha, y es muy importante que me las contestes sinceramente.

Tasha sintió que sus mejillas se ruborizaban. ¿Es que la detective Marchand pensaba que iba a mentir? ¿Creía que Tasha era esa clase de persona?

Quiero que me cuentes todo lo que puedas recordar sobre la noche en que desapareció tu madre —señaló la detective.

Tasha volvió a contemplar el suelo, no quería que la mujer notara sus esfuerzos para decidir qué hacer. Su padre le había dicho a la policía que había estado en casa toda la noche. Tasha sabía que no era cierto, pero si le decía a la detective Marchand que su padre había mentido, sólo empeoraría las cosas para él.

—Tu padre dijo que él y tu madre habían tenido una discusión aquella noche —apuntó la detective—. ¿Recuerdas eso, Tasha? ¿Les oíste pelearse?

—Yo estaba arriba en mi cuarto —dijo Tasha—. En la cama.

—Mírame, Tasha.

Tasha levantó la vista de mala gana.

—¿Oíste discutir a tus padres?

Tasha asintió.

—¿Sabes sobre qué estaban discutiendo?

—No —respondió ella. Después añadió—: Bueno, en cierto modo sí. Ellos... ellos se peleaban mucho, por cualquier cosa —siempre que levantaban la voz, ella empezaba a temblar, temerosa de lo que pudiera pasar—. Creo que mi madre estaba furiosa por el Café. Decía... decía que era lo único que le preocupaba a mi padre. Decía que se alegraba de estar fuera, y que no podía esperar para marcharse —mientras Tasha hablaba, podía escuchar sus fuertes insultos en voz alta—. Yo estaba segura de que iban a divorciarse.

—¿Recuerdas algo de lo que se dijeron aquella noche?

—No. —¿Qué bien le haría decirle a la detective que Tasha molestaba a su madre, que ella odiaba estar atada a una niña?

—Después de que dejaran de discutir, ¿qué ocurrió?

—Mi madre se marchó.

—¿La viste o la oíste marcharse?

El pánico sacudió la garganta de Tasha. Debía tener mucho cuidado con lo que iba a decir a continuación.

—Oí que se abría la puerta de la calle, y después un portazo.

—¿Y tu madre se marchó?

—Yo..., supongo.

—¿La viste marchar?

Tasha sacudió la cabeza.

—¿Y tu padre?

Tasha se mordió el labio.

—¿Tasha? ¿Qué hizo tu padre después de que se fuera tu madre?

Él le había dicho a la policía que había subido a consolarla, pero no lo hizo. No le volvió a ver hasta la mañana siguiente, y después también había visto sus zapatos mojados.

Pero debía tener una razón para decir lo que dijo. O tal vez estaba tan trastornado que olvidó lo que había sucedido en realidad aquella noche. De cualquier modo, la detective Marchand sospecharía aún más si Tasha le contaba lo que recordaba.

—¿Tasha?

La policía pensaba que su padre era culpable de asesinato. Si ella les decía que había mentido sobre lo de permanecer en la casa, o si ellos creían que les había mentido cuando, de hecho, tan sólo había olvidado lo que había pasado, estarían más convencidos que nunca.

—Tasha, prometiste contármelo todo.

—Mi padre no es un asesino —insistió Tasha—. Amaba a mi madre. Discutían mucho, pero jamás le hubiese hecho daño.

—Tasha, si vamos a poner en orden este desastre, tenemos que saber «exactamente» lo que ocurrió. Si quieres ayudar a tu padre tienes que decir la verdad.

Ella no veía cómo podría beneficiarse su padre por contar su versión particular de la verdad.

—No le ayudarás mintiendo, Tasha.

Tasha notó la mirada de la detective sobre ella, pero no tuvo coraje para soportarla.

—Por última vez, Tasha. ¿Subió tu padre y habló contigo después de que tu madre abandonase la casa?

¿Qué debía hacer? ¿Mentir? ¿Decirle a la detective algo que no era cierto? ¿O debería contarle lo que recordaba realmente? ¿No era siempre mejor de ese modo? ¿No era más correcto ser sincera?

—No —gritó Tasha por fin—. No, no lo hizo. Me dejaron sola en casa. Escuché un portazo y me levanté para ver qué había pasado y allí no había nadie. Nadie en absoluto.

Media hora más tarde Tasha se sentó junto a la señora Evans en un banco, en un concurrido vestíbulo, a esperar a la detective Marchand. Las lágrimas nublaban su visión. Se las limpiaba tan pronto como aparecían, dispuesta a controlar sus emociones mientras estuviese sentada en público. Aunque el hecho era que las cosas parecían ir mal para su padre, y no sólo por lo que le había dicho ella a la detective Marchand. Por lo que le habían preguntado, pudo deducir que la policía ya había sondeado a los antiguos vecinos de los Scanlan. Uno de ellos recordaba haber visto a Leonard Scanlan salir de la casa la noche de la desaparición de su madre.

—Eso es imposible —le había dicho Tasha a la detective Marchand cuando se lo mencionó—. Ocurrió hace cinco años. Yo recuerdo aquella noche porque fue la noche en que mi madre se marchó. ¿Pero cómo podría alguien estar tan seguro de que vio a mi padre hacer algo una noche concreta hace unos cinco años?

—Fue la noche en que el huracán Bradley pasó por aquí —le recordó la detective Marchand—. Un árbol cayó en el jardín delante de la casa de ese hombre y le destrozó la ventana de la fachada.

Cayó en la cuenta de que se estaba refiriendo al señor Danvers. Vivía justo al otro lado de la calle de su antigua casa.

—Estaba fuera en plena tormenta, intentando clavar tablones de madera sobre el escaparate pare evitar que el viento y la lluvia entrasen dentro. Dice que recuerda que tu padre estaba fuera aquella noche porque le llamó para pedirle ayuda. Tu padre no paró siquiera.

Podría haber docenas de razones por las que su padre había salido aquella noche, había argüido Tasha. Y de todas formas, salir de la casa no le convertía en un asesino.

—¿Qué hay de aquellas cartas que mi madre nos escribió? —preguntó ella.

—Ah, las cartas —la detective Marchand no parecía muy contenta—. Tú viste aquellas cartas, ¿no es así, Tasha?

—Sí —dijo ella—. Eran sobre papel blanco común, cuidadosamente... —iba a decir que estaban cuidadosamente escritas a máquina, pero en cuanto se pensó las palabras se dio cuenta de que algo iba mal, y se preguntó por qué no se le habría ocurrido nunca antes. Su madre no sólo no escribía muy bien a máquina, odiaba hacerlo. Siempre que confeccionaba los menús para el Café, se negaba a escribir con el ordenador. «A mano puedo escribirlo más rápido y mejor», decía siempre. Era tan reticente a sentarse frente a un teclado, que solía pagar para tener sus papeles escritos a máquina. ¿Cómo es que en Vancúver se sentaba a escribirles cartas a máquina a Tasha y a su padre? ¿No las habría escrito entonces a mano?

—Tu padre prometió guardártelas, ¿no? —le había preguntado la detective Marchand.

Tasha asintió con la cabeza.

—Pero no lo hizo, ¿verdad? Las destruyó, ¿no es cierto?

Tasha asintió de nuevo. Todavía no entendía por qué lo había hecho. Tasha lloraba cada vez que llegaba una carta, en parte porque le alegraba tanto que su madre se acordase de ella, y en parte porque cada carta era un recuerdo de la continua ausencia de su madre. Quería conservar las cartas de su madre, olerlas y tocarlas, e imaginar a su madre doblándolas e introduciéndolas en sus sobres. Su padre le dijo que comprendía cómo se sentía, pero que las desgastaría si seguía sacándolas de sus sobres y leyéndolas. Dijo que se las guardaría en un lugar seguro. Y después las había destruido. No tenía sentido. Aun así, eso no probaba nada. Su padre había estado tan deshecho como Tasha por la desaparición de Catherine Scanlan. Tal vez más. Probablemente las había quemado por rabia y tristeza.

Pero había algo más que Tasha había descubierto, algo que, añadido a los demás hechos, lo empeoraba todo.

—Cuando tu padre y tu madre se casaron —le había dicho la detective Marchand—, tu abuelo los hizo propietarios del Fireside Café. Seis semanas antes de que tu madre desapareciese, ella le vendió su parte del Café a tu padre. Tu padre dijo que quería el dinero para financiarse un viaje alrededor del mundo —hizo una pausa y Tasha adivinó que la peor parte estaba por venir—. ¿Recuerdas cuándo vendió tu padre el Café?

—Claro. Lo vendió justo después de... —justo después de desaparecer su madre. Tasha se quedó mirando a la detective—. Cuando ella se marchó, él estaba dolido. No deseaba estar recordándola uno y otro día.

Tenía sentido. Después de que su madre se hubiese ido, Tasha prefería no pensar siquiera en el Café Fireside. De hecho, no había vuelto a poner los pies en el lugar, ya que traería a su memoria todo tipo de recuerdos.

—Lo vendió por mucho menos de lo que valía —había dicho la detective Marchand—. Eso no parece que esté bien, Tasha. La gente podría pensar que lo vendió a un precio tan bajo porque estaba desesperado por quitárselo de encima. Por lo que había en el sótano.

—Pero... No tiene sentido. Si mi padre hubiese querido ocultar un cuerpo enterrado allí abajo, habría conservado el local, no lo habría vendido —había explicado ella.

Entonces recordó lo que su padre le había dicho a Denny. No quería que demoliesen el Café. Le dijo: «Si alguien debería estar furioso porque derriben el café, tendría que ser yo». Tasha pensó que quería decir que le entristecía ver el final de un sitio con tanta tradición y tantos recuerdos personales unidos a él. Pero quizá no era eso lo que quiso decir después de todo...

Ahora Tasha estaba sentada en el banco, entumecida por todo aquello de lo que acababa de enterarse. ¿Qué sucedería a partir de aquel momento?

—¿Tasha?

Ella miró a su alrededor al escuchar la voz de Jace. Sus oscuros ojos parpadearon aliviados. Detrás de él estaba su padre. Sanjit Bhupal era un poquito más bajo que su hijo. Tasha se levantó cuando él se acercó a ella para saludarla.

—¿Cómo lo llevas, Tasha?

—Bien, supongo.

—Jace me lo ha contado todo —dijo—. ¿Quién es el encargado aquí? ¿Con quién puedo hablar?

La señora Evans se puso en pie y se presentó.

—Mi hijo es muy amigo de Natasha —dijo él—. Quisiéramos que pasase la noche con nosotros, con el permiso de su padre. No tiene parientes que vivan cerca de aquí.

Mientras la señora Evans y el señor Bhupal discutían el asunto, Jace dijo:

—¿Estás bien, Tasha? ¿Qué ha pasado?

—Creen que él lo hizo —respondió ella y sacudió la cabeza mostrando su desacuerdo—. Piensan de verdad que mi padre asesinó a mi madre.

Jace no dijo nada, pero tomó una de sus manos y la apretó.

La señora Evans se alejó un momento. Cuando volvió, la detective Marchand estaba con ella.

—¿Puedo quedarme con los Bhupal?— preguntó Tasha a la señora Evans.

—Si tu padre está de acuerdo —dijo ella.

—¿Por qué no se lo preguntas a él? —añadió la detective Marchand.

¿Preguntárselo? El corazón de Tasha se aceleró.

—¿Puedo verle?

—Sólo un minuto —dijo la detective Marchand.

—Nosotros te esperaremos aquí —dijo Jace—. ¿Verdad, papá?

Leonard Scanlan estaba sentado en una silla con respaldo rígido al otro lado de un tabique de grueso cristal. Sostenía en su mano un auricular de teléfono, y Tasha vio que ella tenía que levantar otro auricular para poder hablar con él. Su rostro tenía un aspecto pálido, preocupado y exhausto. Ella se preguntó en qué estaría pensando, si en que su arresto era un tremendo error, o en que finalmente había sido descubierto.

Enseguida se avergonzó de este último pensamiento, pero por más que lo intentaba, no podía quitárselo de encima. Las cosas tenían mal aspecto.

Sus dedos temblaron cuando levantó el auricular. Cuando por fin se lo acercó al oído, dijo:

—¿Estás bien, papá?

—Tan bien, más o menos, como cabe esperar —respondió él—. Me dejaron llamar a un abogado. Se llama Roger Brubaker. Probablemente querrá hablar contigo. Le pedí que se pusiera en contacto con tu tía Cynthia para ver si podía venirse y quedarse contigo hasta que se aclare todo este asunto.

—¿Tía Cynthia? —Tasha no había visto a su tía desde mucho antes de la desaparición de su madre. Siempre tuvo la impresión de que su madre y tía Cynthia no se llevaban bien, aunque no sabía por qué.

—Espero que tía Cynthia pueda venir mañana. No sé lo que podemos hacer esta noche, Tasha. Quizá el señor Brubaker...

—Está bien. Los Bhupal me han pedido que me quede con ellos. Podemos avisar a tía Cynthia. El señor Bhupal y Jace me están esperando afuera.

Su padre se hundió en la silla. Casi sonrió.

—Bien —dijo—. Estaba tan preocupado.

¿Estaba preocupado por *aquello*?

—Estaré bien, papá. No debes preocuparte por mí. Es por ti... —¿Qué podría decirle ella?

—No sé lo que te han contado, Tasha. Pero quiero que sepas que yo no lo hice. Jamás le habría hecho daño a tu madre. Tienes que creerme, Tasha.

—Te creo —esperaba que él no advirtiese la inseguridad en su voz. Deseó poder acercarse a él a través del cristal y abrazarle, y al mismo tiempo, casi se alegraba de no poder hacerlo.

V

LA SEÑORA Bhupal era pequeña y rubia, con ojos de color verde claro y un leve acento escocés que conservaba de su infancia en Edimburgo. Salió a abrir la puerta mientras el señor Bhupal buscaba a tientas las llaves. Tasha supuso que había estado esperándolos. Le dio la bienvenida a Tasha con un abrazo y le preguntó si quería comer algo.

—No, gracias —dijo Tasha. Estaba cansadísima. Era más de medianoche, y sentía como si hubiese sido el día más largo de su vida.

—¿Te enseño tu habitación? —dijo la señora Bhupal. Condujo a Tasha escaleras arriba a una habitación empapelada con flores y un techo rosa pálido. Había una cama plegable ya hecha y toallas limpias colocadas en el baño contiguo. La señora Bhupal abrió el armario y sacó un camisón—. Puedes ponerte esto esta noche, querida —dijo—. Y no te preocupes de nada. Levántate cuando quieras, y nosotros recogeremos todo.

Tasha le dio las gracias y, después de que la señora Bhupal saliese de la habitación, se dejó caer sobre la cama plegable. Su padre estaba en la cárcel. El policía de sombrío rostro parecía terriblemente serio por tener que meterle allí. Y su madre —los ojos se le llenaron de lágrimas y se le escapó un suspiro—, su madre estaba muerta. Toda su vida había dado un vuelco, y ahora tenía la sensación de que algo la sacudía permanentemente por dentro. Y no había ninguna garantía de que volviese a ser tal como eran antes de que la grúa de demolición golpease las viejas paredes de piedra del Café Fireside. Esa misma grúa de demolición había derrumbado también su vida.

Alguien llamó suavemente a la puerta. Tasha se limpió las lágrimas rápidamente.

—¿Tasha?

Era Jace.

—Entra —dijo ella.

Jace asomó la cabeza.

—Sólo quería asegurarme de que estabas bien —la miró detenidamente y le dedicó una lánguida sonrisa—. Supongo que suena un poco lamentable en estas circunstancias.

Tasha sacudió la cabeza. Probablemente Jace notaría que había estado llorando.

—Es tan extraño —dijo ella—. No puedo creer que haya pasado esto. Sigo creyendo que voy a despertarme, o que la película se va a acabar.

Él se sentó a su lado.

—Quisiera poder decirte que sé cómo te sientes —dijo él—, pero me es imposible.

—Tampoco ha sido un día normal para mí, precisamente —dijo Tasha. Miró la cara despejada y suave de Jace, la nariz afilada, sus oscuros ojos castaños—. ¿Y si ellos tienen razón? —le dijo— ¿Y si de verdad lo hizo?

Jace parecía sobresaltado por la pregunta.

—¿Tú no lo crees, verdad?

—No sé qué creer —y le contó a Jace todo lo que había dicho la detective Marchand, y todo lo que ella misma sabía.

Él movió la cabeza despacio.

—Pero es de tu padre de quien estamos hablando, Tasha. Es cocinero, no un asesino.

Tasha hubiese dado cualquier cosa por sentirse tan segura como Jace.

Se despertó con el portazo de un coche y se sorprendió, al mirar su reloj, de ver que eran cerca de las tres en punto. Por el sol que brillaba a través de la ventana, dedujo que eran las tres de la tarde. Había dormido más de medio día.

Se levantó, lavó y vistió rápidamente, y estaba haciendo la cama cuando la señora Bhupal llamó a la puerta.

—Tu tía está aquí, Tasha —anunció.

Tía Cynthia era una versión más alta, delgada y rubia de su madre. El parecido familiar, que se manifestaba en penetrantes ojos almendrados, boca ancha y cascadas de cabellos ondulados, era tan fuerte que nadie que conociese a una hermana hubiese dudado en identificar a la otra. Tía Cynthia tenia oscuras ojeras bajo los ojos, y su pelo necesitaba un buen cepillado. Tasha dedujo que no debía de haber dormido mucho. Para viajar desde el estado de Washington debía de haber tomado un vuelo temprano por la mañana, justo después de enterarse del asesinato de su hermana.

—Tengo un taxi esperando —le dijo a la chica—. Vamos a recoger tus cosas —hablaba como si Tasha tuviese cinco años y necesitase ayuda para recoger sus juguetes.

—No tengo que recoger nada —dijo Tasha con frialdad. Dio las gracias a la señora Bhupal por su hospitalidad y después siguió a su tía hacia el taxi.

—Sí que has crecido —comentó tía Cynthia de camino a casa—. ¿Cuántos tienes ahora, catorce?

—Quince —dijo Tasha—. Casi dieciséis.

Tía Cynthia sacudió la cabeza.

—Dieciséis —suspiró—. Recuerdo los dieciséis. La edad dorada. ¿Cómo los llevas?

—Bien, supongo.

Pobre Cathy —dijo tía Cynthia—. Siempre tuve la impresión de que tu padre me ocultaba algo.

Tasha se quedó mirando a su tía.

—¿Qué estás diciendo? ¿Estás diciendo que mi padre lo hizo?

Tía Cynthia se ruborizó.

—Bueno, yo..., Tasha, le han detenido. Seguramente la policía...

—No sé por qué mi padre te pidió que vinieras —dijo Tasha bruscamente—. Ni siquiera estás de su parte. Ya has decidido que es culpable —se repantigó en su asiento y no volvió a decir una palabra en todo el camino a casa.

—Sé que estás enfadada conmigo —dijo tía Cynthia mientras ponía un plato de espaguetis delante de Tasha. Durante una hora había estado charlando sin parar, pretendiendo obviar lo que había dicho en el taxi, contándole a Tasha más de lo que cualquiera querría saber sobre la pequeña cafetería que dirigía en Washington.

Tasha había respondido poco, y ahora tía Cynthia intentaba distender el ambiente.

—La verdad es que tu padre y yo nunca nos hemos llevado muy bien. Aunque supongo que eso no es un secreto, ¿verdad?

—Yo pensaba que era con mi madre con la que no te llevabas bien —dijo Tasha—. No me di cuenta de que era con toda la familia.

—Tu madre y yo nos llevábamos bien —dijo tía Cynthia—. La echo de menos..., la echo mucho de menos, y después de oír que había sido... —se le pusieron las mejillas coloradas, y se puso rígida—. De todos modos no fue culpa suya que papá le pasara el Café Fireside a ella y a tu padre, absolutamente todo. ¿Pero cómo crees que me sentó aquello? Catherine no era la única cocinera de la familia. Ni siquiera quiso entrar nunca en el negocio del restaurante. Solamente se unió a él porque tu padre lo deseaba tanto, y ella estaba loca por él. *Yo* soy la única que se graduó en el Cordon Bleu en París. ¿Lo sabías? Pero Cathy siempre fue la favorita de papá, y la verdad es que Leonard también le gustaba. Así que cuando decidió jubilarse les cedió el Café a ellos. Ni siquiera me preguntó alguna vez qué quería hacer yo o si podría interesarme.

Tasha estaba estupefacta por la amargura de su tía. Hablaba como si el golpe a su orgullo se lo hubiesen infligido hacía unas horas, y no años atrás.

—¿Por qué no le dijiste a papá cómo te sentías? ¿Por qué te desquitaste con mi madre?

—Yo no hice tal cosa —dijo tía Cynthia.

—Vosotras dos solíais pelearos siempre.

—No lo hacíamos.

—Claro que sí. Yo os oía cada vez que venías de visita. Tía Cynthia estuvo removiendo los espaguetis en su plato durante un rato. Después dejó su tenedor a un lado.

—No nos peleábamos siempre —empezó a decir—. Probablemente estás recordando la última vez que yo estuve aquí. Entonces sí que lo hicimos. Eso fue cuando me enteré de que Cathy le había vendido su parte del Café a tu padre, convirtiéndole en único propietario. Supongo que eso fue un mes antes de que ella..., antes de que desapareciese. Nunca se le ocurrió venderme su mitad a mí. Y ella *sabía* lo que yo sentía por el Café. Sabía que hubiese hecho cualquier cosa por tener una oportunidad para regentarlo —sacudió la cabeza como para alejar su creciente enfado—. El café perteneció a la familia durante más de sesenta años. Tu bisabuelo lo fundó. Y tu madre se lo vendió a tu padre como si sólo fuese un viejo mueble que ya no quería, como si no tuviese un significado especial. Jamás pensó en mí. Y entonces, poco después... —su voz se fue apagando. Clavó el tenedor en sus espaguetis— tu padre vendió el local, como si nada. No me dijo que lo había hecho hasta unos meses más tarde, cuando era demasiado tarde para que yo pudiese hacer algo. Yo le habría quitado el local de las manos. Habría estado orgullosa de llevar el Café. Pero nadie me dio una oportunidad.

Tasha miraba a su tía con asombro.

—No tenía ni idea.

Tía Cynthia encogió los hombros.

—No tenías por qué saberlo —dijo—. Sólo eras una niña.

Estaban sentadas frente a frente en la mesa de la cocina, dándole vueltas a su comida, sin comer. Por fin Tasha preguntó:

—¿Crees que mi padre lo hizo?

Tía Cynthia alzó la vista, sobresaltada.

—Tasha...

—Tú no sabes cómo es esto —dijo Tasha—. La gente habla de ello a mis espaldas, después se calla como una tumba cuando estoy cerca. Todos han decidido en uno u otro sentido. La mayoría en el otro. Pero tú conoces a mi padre. Sabes la clase de persona que es. ¿Tú qué crees?

Tía Cynthia jugueteaba con su vaso de agua.

—Creo que es mejor dejar este tipo de asuntos a los expertos. Para eso están la policía y los abogados, para descubrir lo que pasó realmente y quién de verdad lo hizo.

Tasha contempló a su tía durante un rato. Se le hizo un nudo en la boca del estómago.

—En el taxi has dicho que siempre has pensado que mi padre te ocultaba algo —dijo por fin—. ¿A qué te referías?

—¿Por qué no cambiamos de tema? —dijo tía Cynthia—. Tenemos mucho tiempo para ponernos al día. La última vez que te vi eras bastante más baja y bastante más joven. Y ahora, bueno, tienes dieciséis años.

—Quince —dijo Tasha.

Tía Cynthia sonrió. Le temblaban los labios, como si estuviese haciendo un gran esfuerzo para mantener la calma.

—Quince —dijo—. Corregido.

La mano de Tasha golpeó tan fuerte la superficie de la mesa que los platos y vasos saltaron.

—¡Dime a qué te referías! Sé franca conmigo. ¿Es eso pedir demasiado?

Tía Cynthia se quedó mirándola desde el otro lado de la mesa. Cogió su vaso de agua con hielo y bebió. Cuando volvió a poner el vaso sobre la mesa, le dijo:

—Vamos a pasar algun tiempo juntas, Tasha. Podrían ser semanas, tal vez más. Creo que sería mejor para las dos si tratásemos de no hablar sobre lo ocurrido, si nos concentráramos en cambio en tratar de vivir con la mayor normalidad posible.

Tasha se puso en pie antes de que su tía acabara de hablar.

—Si piensas que es inocente, me lo dirías —dijo llorando—. Estás evitando darme una contestación porque sabes que es algo que yo no quiero escuchar.

—Tasha...

—¿Me equivoco? —gritó Tasha. Se sentía traicionada por su propia tía, la hermana de su madre—. Si me equivoco, entonces dímelo. Di: «Estás equivocada, Tasha, creo de todo corazón que tu padre es inocente». ¡Vamos, dilo!

Tía Cynthia se quedó aturdida, mirándola en silencio.

Tasha le devolvió la mirada. Entonces dio media vuelta y salió huyendo de la casa.

—Jace está fuera en el garaje —dijo el señor Buphal, escudriñando a Tasha y haciéndola sentirse cohibida. Estaba segura de que tenía los ojos enrojecidos e hinchados. Con su suerte, probablemente tenía churretones en las mejillas de limpiarse las lágrimas. Trató con todas sus fuerzas de no llorar, sin conseguirlo. Odiaba parecer patética constantemente. Pero siempre que pensaba que las cosas iban tan mal como podían ir, empeoraban. Si tía Cynthia no creía que su padre era inocente, ¿qué posibilidad había de que alguien lo creyese? ¿Qué posibilidad había de que fuese realmente inocente?

—¿Va todo bien, Tasha? —preguntó el señor Bhupal.

—Bien —dijo Tasha. Su voz se quebró, y se sintió obligada a sonreír para que la creyese—. Estoy bien, de verdad, señor Bhupal. Gracias.

Se sintió aliviada cuando él volvió adentro. Corrió hacia el garaje detrás de la vivienda, y llamó en la pequeña puerta lateral antes de empujar para abrirla. Jace estaba sentado frente a una mesa de trabajo jugueteando con una cajita metálica. Tenía el codo apoyado frente a un ordenador portátil. Sonrió cuando ella entró.

—Acerca un taburete —dijo. Cuando ella se sentó a su lado, la examinó detenidamente—. Has estado llorando, ¿eh?

Ella asintió con la cabeza y entonces cambió rápidamente de tema, de ese modo no empezaría a lloriquear por todo otra vez.

—¿En qué estás trabajando? —preguntó. Con Jace si no se trataba de ordenadores, era algo electrónico. Le encantaban los cachivaches.

—Estoy modificando este dispositivo de rastreo para mi abuela.

Tasha frunció el ceño.

—¿Para qué necesita tu abuela un dispositivo de rastreo?

—Sospecha de Charlie.

—¿Charlie?

—Su gato. Por lo visto lleva una vida secreta.

Cuando Tasha sacudió la cabeza, confusa; él le explicó:

—A Charlie le gusta merodear por ahí toda la noche. Pero se está haciendo viejo, y mi abuela se preocupa por él. Ya sabes, ¿qué pasa si se pierde? ¿Qué pasa si tiene algún accidente y ella no tiene ni idea de dónde está? Ese tipo de cosas.

—¿De modo que le fabricaste un dispositivo de rastreo?

—Lo compré y lo modifiqué para que funcionase en conexión con el ordenador de mi abuela...

—¿Tu abuela tiene ordenador?

Jace sonrió.

—Claro —dijo—. Después de todo es *mi* abuela. De la manera en que lo he instalado, cuando ese aparatito esté enganchado en el collar, enviará una señal que la abuela podrá rastrear en su ordenador. Mira —le hizo señas para que se acercara más—. ¿Qué es lo que ves?

Ella miró detenidamente la pantalla del ordenador.

—Parece un plano de la ciudad.

—Para ser exactos —dijo Jace— es un plano del vecindario. Espera —pulsó la tecla de flecha a la derecha, y el plano se desplazó a la izquierda—. He metido toda la ciudad aquí dentro, gentileza del Departamento de Topografía, bueno, para ser exactos, gentileza de papá. Vale, ahora mira esta pantalla —dijo saliendo disparado por la puerta.

—Eh, ¿adónde vas?

—Mira la pantalla, el pitidito.

Tasha se puso a mirar cuando Jace desapareció del garaje. El pitidito bajó corriendo por la calle Dunlop, donde vivía Jace, torció hacia el este por Jamieson, después al sur por Linders, y volvió al norte hacia Dunlop. Unos minutos más tarde Jace estaba de vuelta en el garaje, jadeando.

—¿Sabes adónde he ido?— preguntó.

Tasha sonrió.

—A dar la vuelta a la manzana —después añadió—: es fenomenal.

Jace sonrió abiertamente.

Con esto, mi abuela puede controlar desde su casa exactamente dónde está Charlie, en un radio de dos kilómetros. La verdad es que ese objeto puede rastrear diez veces esa distancia. Pero la abuela no necesita tanto alcance. Charlie tiene ocho años. ¿Hasta dónde puede llegar?

Tasha se encogió de hombros.

—No sé mucho sobre gatos —de hecho no sabía nada.

De repente la pantalla se oscureció.

—¡Oh, oh! —dijo Jace.

—¿Qué ha pasado?

—Ha fallado —sacudió la cabeza—. Un ligero problema técnico. No estoy seguro de si es el plano o el dispositivo de rastreo lo que causa el problema —se sentó de nuevo y empezó a juguetear con el dispositivo.

Tasha estuvo contemplándole unos minutos, después dijo:

—¿Te importa si te hablo mientras trabajas?

—Claro —dijo él, sonriéndole—. Ni siquiera deberías preguntármelo.

Aquello la hizo sentirse un poco mejor, y se relajó cuando comenzó a contarle lo que le había dicho su tía.

Cuando acabó, Jace dijo:

—Yo opino que es bueno que ella esté aquí.

—¿Bueno? ¿Qué tiene de bueno? ¿No has oído lo que te he dicho? Ella piensa que mi padre es culpable.

—A mí me parece que tu tía te ha ayudado a decidir sobre tu padre. De hecho, parece que estás de acuerdo conmigo.

—¿Qué quieres decir?

—Tu padre es inocente, Tasha.

Ella se quedó mirándole fijamente.

—Lo dices como si fuese un hecho.

—¿No lo es?

—Pero qué hay de las otras cosas de que te hablé? ¿Qué hay de su salida aquella noche? ¿Qué hay de que vendiese el Café tan precipitadamente por menos de lo que valía?

Jace frunció el ceño.

—Tiene que haber una explicación lógica para esas cosas.

—¿Cómo lo sabes?

—¿Alguna vez tu padre le ha hecho daño a alguien que tú conozcas?

—No.

—¿Alguna vez golpeó a tu madre cuando peleaban?

—No.

—Tu padre me gusta. Es un tipo simpático y un gran cocinero. No es un asesino.

—Pero la policía...

—Está haciendo todo lo que puede para colocarle este asesinato a él, y estoy seguro de que la fiscalía les da la razón. Y la prensa. No creo que haya mucha gente del lado de tu padre.

Las ideas se agolpaban en la cabeza de Tasha. Ella no quería creer que su padre fuera culpable. Pero todos los hechos del caso estaban en su contra. Aun así, Jace tenía razón. En el fondo ella lo sabía. Su padre era un buen hombre. Cuando él y su madre se peleaban, generalmente era porque había empezado ella, no él. Y aunque se enfadase tanto como para perder los estribos, la verdad es que jamás le había visto llegar a las manos. Jamás le levantó la mano a ella, ni a nadie más, por lo que podía recordar Tasha. Ni siquiera a ella la había pegado nunca. Pero...

—Si la policía está tan convencida de que mi padre es el asesino —opinó ella—, entonces no dedicarán demasiado tiempo a buscar a otro que sea el auténtico asesino.

Jace movió la cabeza afirmativamente.

—Lo cual significa —continuó Tasha, pensando en ello mientras formaba la frase— que alguien va a tener que demostrarles que están equivocados.

VI

—¿DÓNDE HAS estado? —inquirió tía Cynthia, sin aliento, cuando abrió la puerta.

Tasha supuso que su tía había estado vigilando por la ventana.

—Fuera —contestó. Aún estaba enfadada con su tía y le habría encantado que no se hubiese molestado en venir desde Washington. Deseaba en cambio poder quedarse con los Bhupal.

—Estaba preocupada.

¿Y a mí qué? Quiso gruñirle Tasha. En su lugar dijo:

—Sé cuidar de mí misma.

—No lo dudo —contestó tía Cynthia—. Te pareces muchísimo a tu madre..., muy tozuda —le dedicó una sonrisa indecisa, aunque Tasha no se la devolvió. Tía Cynthia suspiró y sacudió la cabeza—. Sé que estás furiosa conmigo y lo siento. Sólo que...

—¿Sólo que qué? —dijo Tasha—. ¿Sólo que crees que mi padre es un asesino?

Tía Cynthia se quedó callada unos instantes.

—Tal vez Cathy y yo no fuésemos unas hermanas tan unidas. Pero nos mantuvimos en contacto. *Siempre* —miró detenidamente a Tasha con una mirada que indicaba que quería tomar una decisión sobre algo—. Hablé con tu padre unos meses después de que tu madre..., después de que ella le abandonase. Quise saber dónde estaba ella. Me dijo que había recibido algunas cartas desde Vancúver. Bueno, intenté seguir su rastro allí. Nada. Pero cuando se lo dije no pareció importarle. Dijo que probablemente estaba dando vueltas por el mundo. Insinuó que era típico de ella pensar sólo en sí misma —las lágrimas nublaron sus ojos—. Pero no lo era, Tasha. No era típico de Cathy. Estuviera donde estuviese, no era tan insensible como para dejar a su familia, como para no ponerse en contacto nunca más. Tu padre debería haberlo sabido.

—¿Así que crees que te mintió?

—No puedo evitar pensar lo que pienso.

—Tampoco yo puedo —dijo Tasha. Tenía que haber una razón por la cual su padre dijo lo que dijo a su tía Cynthia. Probablemente lo creía. Tal vez, para él, el abandono de su mujer era un acto tan cruel que él mismo era incapaz de buscarla para encontrarla—. Si tienes razones para pensar lo que quieras, hazlo. Yo creo; no, lo *sé*; que mi padre es inocente. No me importa que yo sea la única persona que lo crea... —hizo una pausa y pensó en Jace—. Bueno, soy la mitad de las personas que lo creen. Es cierto, y tengo intención de hacer todo lo que pueda para probarlo.

Los ojos almendrados de tía Cynthia se abrieron de par en par.

—Tasha, eso es asunto de la policía...

—La policía cree que tiene el caso resuelto. Ahora que han hecho un arresto, apuesto a que ni siquiera están investigando otras posibilidades. Están concentrados en hacer todo lo posible para condenar a papá. Nadie está intentando probar que es inocente. Nadie, excepto Jace y yo.

—Tasha, espera. El abogado de tu padre estará buscando alguna prueba que pueda...

—Puedes decir lo que quieras, tía Cynthia, pero no me vas a detener. Si no te gusta esto, bien. Puedes volverte a casa, a Washington. Puedo arreglármelas sola.

Tía Cynthia echó la cabeza hacia atrás como rindiéndose.

Al día siguiente era domingo. Tasha se levantó temprano y se marchó a toda prisa a casa de Jace. Le encontró en el garaje.

—He estado pensando en ello toda la noche —le espetó—. Si partimos de la premisa de que mi padre no lo hizo, entonces debemos creer que lo hizo otro. Si vamos a averiguar quién es esa persona, tenemos que concentrarnos en lo que le sucedió a mi madre después de que dejara la casa aquella noche..., adónde fue, a quién podría haber visto, todo eso.

—Parece razonable —Jace todavía estaba jugueteando con el dispositivo de rastreo para el gato de su abuela, y se quedó sonriendo ante la pantalla de su ordenador—. Sí, aunque ¿cómo lo haremos? ¿Por dónde empezamos?

—Supongo que empezamos con lo que sabemos. O sea...

Jace pensó un momento, después la miró detenidamente.

—¿Qué es lo que sabemos exactamente?

—Sabemos que mi madre abandonó la casa muy tarde la noche de la gran tormenta.

—¿Tienes idea de a qué hora?

—Sobre las diez y media, creo. Tal vez un poco más tarde. Y sabemos que no se llevó el coche porque la policía dice que mi padre salió más tarde en el coche aquella noche.

—Así que tuvo que tomar un taxi. O alguien la llevó.

Tasha agitó la cabeza, exasperada.

—De todos modos, no resulta de mucha ayuda. Si alguien la llevó, ¿cómo podríamos averiguar quién era esa persona? Si tomó un taxi, ¿cuáles son las posibilidades que tenemos de poder averiguar a qué compañía de taxis pertenecía? Y, además, el conductor, suponiendo que aún esté trabajando allí, ¿podría recordar haberla recogido hace más de cinco años? Las posibilidades en contra tienen que ser de una entre un millón.

Jace se encogió de hombros.

—Por ahora, dejemos eso a un lado y centrémonos en lo que sabemos.

—No mucho —Tasha comenzó a sentirse desanimada. Aquello iba a ser imposible. Jace y ella no eran detectives.

—Una cosa que sabemos —dijo Jace, con los ojos fijos en los de ella— es dónde acabó.

Tasha hizo una mueca de dolor provocada por sus palabras..., un oscuro sótano, heridas múltiples, el largo cabello castaño de su madre.

—Lo siento, Tasha —dijo él—. Pero si vamos a hacer algo con esto, debemos estar dispuestos a hablar de ello.

—Lo sé —tenía que luchar para evitar que las palabras atravesasen el nudo en su garganta—. Está bien —respiró y le miró de frente—. ¿Qué más sabemos? Que en algun momento fue al Café Fireside aquella noche. O bien fue voluntariamente allí, o alguien se la llevó contra su voluntad. Son las únicas posibilidades.

—Tal vez alguien que estaba en el Café recuerde haberla visto. ¿Estaría abierto el local a las diez y media?

Tasha asintió.

—Estaba abierto hasta la una de la madrugada, los siete días de la semana.

—Entonces la tuvo que ver alguien. Tal vez algún empleado —le dedicó una mirada inquisitiva—. Supongo que no sabes quién trabajaba allí entonces, ¿no?

—El señor Horstbueller.

—Horst... ¿qué?

—Horstbueller —le deletreó el nombre a Jace—. Fue el encargado de administrar el Café desde que mi madre volvió a la escuela. Evart Horstbueller. Es un nombre que no se olvida. Estoy bastante segura de que aquella noche estaría allí. Mi padre siempre decía que funcionaba como un reloj suizo, lo cual hacía reír a mi madre. Ella siempre decía lo mismo: «Evart es alemán, no suizo» —mientras hablaba, recordó la risa de su madre. Si se lo hubiese permitido, habría empezado a llorar otra vez. Pero consiguió contenerse. Llorar no ayudaría a su padre. Quedaban la lógica y la determinación—.

Solía llegar al restaurante a las diez en punto cada mañana, y siempre se quedaba hasta que cerraba.

—Vale —dijo Jace—. Así que todo lo que tenemos que hacer es encontrar a ese Evart Horstbueller. ¿Será muy difícil? Quédate aquí. Enseguida vuelvo —salió disparado del garaje y volvió unos minutos más tarde con una guía de teléfonos, dos vasos de leche y un plato de pan untado de mermelada—. Recién hecho. Le regalaron a mamá un aparato para hacer pan por su cumpleaños. Todas las noches, antes de irse a la cama, vierte todos los ingredientes, y todas las mañanas me despierto en una casa que huele como el interior de una panadería. Toma un poco.

Tasha cogió una rebanada. En realidad, no tenía hambre.

—Bien, Horst... —Jace se terminó una rebanada de pan con mermelada mientras hojeaba el listín telefónico— Horst... Horsten.... —hizo un gesto agrio—. No hay ningun Horstbueller.

—¿Estás seguro? —Tasha le quitó el libro de delante—. A lo mejor lo has buscado mal —pasó su dedo por las columnas impresas. Jace tenía razón. Ningún Horstbueller—. Debe de haberse mudado —entonces tuvo un terrible presentimiento—. Tal vez ha muerto. Era un hombre de unos cincuenta, creo —se hundió en su asiento—. ¿Ahora qué?

—¿Quién más trabajaba en el Café?

De repente, a Tasha se le ocurrió algo.

—¡Jace! Cuando vas a la consulta de un médico o de un dentista y tienen esos certificados en la pared, ¿qué te sugiere? —dijo ella, ahora excitada, segura de que había encontrado una clave—. Mi dentista tiene un título. Prueba que es un auténtico dentista. Es como una licencia y está expedido por el Colegio de Dentistas o algo así.

Jace parecía desconcertado.

—¿Sí?

—Bueno, supón que fueses un dentista con licencia y que

te mudas, ¿el colegio de dentistas no tendría que averiguar adónde te marchaste? ¿No es eso parte de su trabajo?

—Supongo, pero...

El señor Horstbueller tenía un certificado en la pared encima de su escritorio. Estaba enmarcado y tenía unas letras doradas. Lo recuerdo porque cuando lo vi, pensé que era doctor. Pero no era eso. Era un certificado de alguna asociación de restauradores.

Jace parecía impresionado.

—Claro —dijo por fin el chico—. Claro, eso tiene sentido. Si ese señor Horstbueller está trabajando en un restaurante, donde sea, o si está jubilado, podrán saber dónde se encuentra.

—Exactamente —asintió Tasha.

Jace ya estaba hojeando la guía de teléfonos.

—Aquí está —dijo—. Asociación Nacional de Restauración. Tienen una oficina en el centro. Vamos.

—¿Vamos a ir al centro?

—No, vamos dentro de casa. Vamos a llamarlos.

—¿Y qué les decimos?

Eso le detuvo un instante. Pensó un momento, después respiró profundamente.

—Que vamos a abrir un nuevo restaurante y que queremos localizar al famoso restaurador Evart Horstbueller para ofrecerle un empleo.

—No está mal —dijo Tasha, riéndose.

Jace habló en un tono más grave de lo normal e intentó resultar convincente en su papel de empresario de restauración. Pero no le sirvió de nada,

—Dicen que no saben lo que pasó con él —dijo cuando colgó el teléfono—. Hace cinco años que dejó de ser miembro de la asociación, más o menos por la misma época en que desapareció tu madre.

—Lo cual nos lleva de vuelta al principio. A no ser que...

Tal vez había algo más que podían hacer, otro rastro que les diera una pista.

—A no ser ¿qué? —preguntó Jace.

—Mi padre guardó un montón de viejas fichas del restaurante. Recuerdo que una vez le pregunté por qué no las tiraba, y él dijo que debía guardarlas por si acaso. Tenía algo que ver con los impuestos, creo. Quizá haya alguna información en esos ficheros sobre la gente que trabajaba en el restaurante. Estaba ese chico, Enrico algo. Era auxiliar de camarero cuando yo era niña. Estoy segura de que estuvo allí en la misma época del señor Horstbueller. Quizá encontremos ese nombre en las fichas de papá. Puede que sepa algo. Tal vez estuviese trabajando aquella noche. O tal vez sepa cómo podemos encontrar al señor Horstbueller.

—Parece un buen plan —aprobó Jace—. ¿Dónde están esas fichas?

—En nuestro sótano.

Tía Cynthia ya estaba dormida cuando Tasha y Jace entraron en casa de Tasha y desaparecieron en el sótano. Tasha encabezó la marcha hacia el fondo, donde estaban el horno y el lavavajillas. En un rincón había un archivador de cuatro cajones.

—Las fichas están ahí dentro —dijo Tasha.

Abrió el cajón de arriba y hojeó las fichas en el interior de las carpetas, todas etiquetadas claramente. Eran todas recientes, relacionadas con los restaurantes Lenny y Denny, propiedad de su padre y Denny Durant. Lo intentó con el siguiente cajón. También estaba lleno de fichas de Lenny y Denny. Empezó a sentirse inquieta. ¿Y si su padre se había deshecho de todas aquellas fichas viejas?

El tercer cajón tampoco aportó nada de valor. A Tasha le temblaba la mano cuando se puso a abrir el último cajón. Si en ese cajón no había fichas del Café Fireside, eso significaría que su padre se había deshecho de todo lo relacionado con el pasado, o le había entregado todas sus fichas al nuevo propietario. Contuvo la respiración cuando sacó el cajón. Detrás de ella Jace estaba extrañamente callado. Abrió las carpetas. ¡Por fin! Allí estaban los documentos del Café Fireside. Viejas declaraciones de renta. Viejas solicitudes de reembolsos de gastos médicos y de dentista. ¿Qué era eso? Una carpeta sin etiquetar. Con el ceño fruncido, Tasha tiró de ella y dio un aullido de sorpresa cuando un montón de fotografías cayeron al suelo. Se quedó de pie, paralizada, mientras Jace, que estaba recogiéndolas, se detuvo.

—Eh —dijo—, eh, ésta es...

—Mi madre —acabó Tasha.

Le cogió las fotografías con cuidado, casi reverencialmente. La única foto de su madre que había visto en los últimos cinco años era la del pequeño marco plateado sobre su mesita de noche. Mostraba a Tasha, con tres años, sentada sobre las rodillas de su madre, las dos con vestidos de terciopelo azul marino, con cuellos de encaje blanco, sonriéndole a la cámara.

—Sí que era guapa tu madre —opinó Jace—. Tú te pareces mucho a ella.

A Tasha le temblaban las manos. Jace tenía razón. Su madre era hermosa. Su sonrisa la electrizaba. De pronto volvió a sentirse aquella niña pequeña, que reía tontamente con las divertidas voces que ponía su madre cuando le leía libros con ilustraciones, que estallaba en carcajadas cuando se hacían cosquillas la una a la otra, o que saltaba con ella por la calle cuando los copos de nieve caían en su pelo. Tuvo que morderse el labio inferior para evitar echarse a llorar. Cuando habló, le temblaba la voz.

—Yo pensaba que se había deshecho de éstas —dijo—. Sencillamente desaparecieron.

Volvió a poner las fotografías dentro de la carpeta y la puso encima del archivador antes de arrodillarse de nuevo para continuar con las fichas. ¿Qué era aquello? Impresos de solicitudes de empleo y, grapados a ellos, historiales de empleo y notas garabateadas a mano en las que Tasha reconoció la escritura de su padre.

—Creo que es esto —dijo. Sus manos temblaron cuando hojeó la solicitud de Horstbueller. Había algunos nombres que no conocía —un ayudante de camarero, un pinche de cocina... entonces, de repente, Enrico Zapata—. Esto es de él —gritó—. Éste es el Enrico que trabajaba en el restaurante cuando el señor Horstbueller estaba allí.

—¿Hay alguna dirección?

—Una dirección y un número de teléfono —Tasha volvió a meter el resto de papeles en la carpeta y cerró el cajón. Tomando las fotografías y la ficha de Enrico Zapata, dijo—: Vamos a llamarle.

Unos minutos más tarde la excitación de Tasha se había evaporado. Dejó caer sus hombros cuando volvió a colgar el auricular.

—Ese número ya está fuera de servicio —dijo, repitiendo lo que acababa de escuchar.

Jace no estaba ni mucho menos tan desanimado como Tasha. Le sonrió y dijo con voz bravucona:

—Hazte a un lado y prepárate para quedar deslumbrada cuando ponga en marcha mis recursos supremos de investigación.

Mientras Tasha se preguntaba qué planeaba hacer, él cogió la guía de teléfonos, hojeó la última parte y empezó a murmurar:

—Zapata... Zapata.

Sin poderlo evitar, ella se puso a reír.

—Eso podría hacerlo cualquiera —comentó.

—Ah, pero no lo ha hecho cualquiera —él le sonrió burlonamente—. Bueno tenemos siete Zapata, ninguno de ellos es E. Zapata. Después tenemos un Pizzas Zapata y Wings. Aquí no hay nada más —cogió el auricular.

—¿Qué vas a hacer? —preguntó Tasha.

—Empezar a llamar a los Zapata.

—Pero antes has dicho...

—Tal vez uno de esos Zapata esté relacionado con el Zapata que buscamos. O quizá Enrico sea su segundo nombre y esté incluido en la lista bajo su primera inicial.

—O quizá se haya mudado fuera de la ciudad.

—Nunca lo averiguaremos si no lo intentamos —dijo Jace. Empezó a marcar. Tasha estaba sentada en el suelo con las piernas cruzadas, contemplándole, mientras él repetía una serie de preguntas con tanta frecuencia que empezaron a sonar como un guión.

—¿Por favor, podría hablar con el señor Enrico Zapata? Oh, no hay nadie con ese nombre. Ya veo. ¿Por casualidad no es usted familiar del señor Enrico Zapata? ¿No? Bueno, verá, encontré su billetero y parece que tiene dentro una suma de dinero. Parece como si la hubiesen dejado caer en algo, tal vez alquitrán. Puedo leer el nombre, pero la dirección y el teléfono se han borrado. ¿No, eh? Bueno, bien, gracias por su tiempo.

—¿Por qué esa historia? —preguntó Tasha.

Jace se encogió de hombros.

—Vivimos en una época cínica, Tash. Algunas personas sospechan cuando alguien completamente desconocido les habla y les pregunta por los números de teléfono de sus parientes o amigos. De este modo tienen un pequeño incentivo para confiar en mí.

Solamente una vez, con el último Zapata, se desvió de su guión. Al principio ese Zapata aseguró no conocer ningun Enrico, pero cambió de opinión cuando Jace mencionó el billetero.

—Oh, ¿es su hermano, no? —dijo Jace— Ya veo. Y vive con usted. Pero yo creía que había dicho... Oh, ya veo. Bueno, le daré mi número de teléfono y si él me puede llamar y decirme cuánto dinero había en el billetero y cómo es, me alegrará devolvérselo —dio un número de teléfono y después lo repitió.

—Ése no es tu número —se extrañó Tasha cuando colgó.

—La verdad es que es el número de la biblioteca pública —dijo Jace—. No importa. No llamará nunca.

—¿Crees que no estaba diciendo la verdad al decir que conocía a Enrico?

—Ni de cerca.

Tasha se desplomó contra la pared.

—Tanto para nada.

—Tengo que hacer una llamada más.

—Has dicho que había siete Zapata.

—Más el local de las pizzas —antes de que Tasha pudiese protestar ya estaba marcando—. ¿Hola, Pizzas Zapata? ¿Podría hablar con Enrico Zapata, por favor? —hubo una pausa, entonces Jace levantó las cejas.

—¿Qué? —preguntó Tasha, inclinándose hacia delante—. ¿Qué?

Jace abrió la boca para hablar. De pronto, se puso tenso y desvió su atención hacia la voz del teléfono.

—¿Hola? ¿Hola? ¿Sí? Sí, correcto. Busco al señor Enrico Zapata que trabajaba de camarero en el Café Fireside. Oh —no parecía contento—. Sí, ya veo.

Tasha contuvo la respiración, cruzó los dedos y contempló el rostro de Jace tratando de descifrarlo.

—Sí —dijo Jace con expresión sombría—. Sí, bien. Ya veo. Bueno, gracias.

Tasha apenas podía creer lo que veían sus ojos cuando Jace colgó. El clic del auricular sonó tan contundente como un portazo.

—Bueno —dijo Jace despacio, casi de mala gana—. Supongo que esto va a demostrar... ¡que soy el tipo con más suerte del mundo!

Tasha le miró fijamente. ¿De qué estaba hablando?

—Vamos —dijo él poniéndose de pie de un salto y rebuscando en su bolsillo. Por fin sacó las llaves de su coche—. Vámonos —la cogió de la mano y la levantó.

—¿Ir adónde?

—A Pizzas Zapata y Wings. Para hablar con Enrico Zapata, antiguo camarero del Café Fireside.

—¿Era él? —Tasha no podía creer en su suerte—. ¿De verdad era él?

—En realidad era su yerno. Enrico está allí, pero no podía ponerse al teléfono —explicó Jace—. Así que ¿qué te parece que vayamos allí y tengamos una charla con él?

Pizzas Zapata y Wings era el primer local de pizzas tejano-mexicano que Tasha veía. Había cactos y paisajes desérticos pintados sobre las paredes de adobe, y sombreros y sarapes colgados alrededor de las ventanas y los tabiques de separación entre los espacios.

—¿Qué va a ser? —preguntó un joven de cabellos oscuros cuando Tasha y Jace se acercaron a la barra.

Tasha echó un vistazo a su alrededor y descubrió una cara familiar más allá del tabique de separación entre la zona de comedor y la cocina.

—Es él —le dijo a Jace—. Ése es Enrico Zapata.

En ese momento Enrico Zapata se dio la vuelta y miró hacia el comedor. Su mirada se encontró con la de Tasha y frunció el ceño. Avanzó unos pasos y se quedó mirándola de nuevo fijamente. De pronto, como si alguien hubiese encendido un interruptor en su cerebro, todo su rostro se iluminó. Salió de repente de la cocina y fue hacia ella.

—Tú eres la hija de Catherine Scanlan, ¿verdad? —dijo.

Tasha movió la cabeza afirmativamente.

—¡Lo sabía! —Enrico Zapata sonrió satisfecho—. Tienes los mismos ojos, la misma boca que tu madre —después su rostro cambió: su júbilo se desvaneció para dejar paso a la tristeza—. Me enteré de lo que pasó. Algo terrible. Y hoy, es muy extraño, alguien ha llamado a mi yerno por teléfono y le ha preguntado si yo había trabajado en el Café Fireside.

—He sido yo —murmuró Jace.

—Ah —Enrico Zapata volvió a mirar a Tasha—. Venid y sentaos —dijo.

Le siguieron a una mesa y esperaron mientras él insistía en que probaran su famosa pizza *Cacto salvaje de Zapata.* Mientras esperaban a que llegase, Tasha respiró hondo y le explicó por qué habían venido ella y Jace.

—La policía ha arrestado a mi padre por asesinato —empezó a decir—. Pero yo no creo que lo hiciese. Pienso que nunca podría hacer una cosa así.

Enrico Zapata no dijo nada, lo cual desanimó a Tasha. Por una vez le hubiera gustado que alguien estuviese de acuerdo con ella sin vacilar. «Por supuesto, tu padre jamás haría una cosa así, Tasha. Tu padre no es esa clase de hombre».

—Señor Zapata...

—Por favor, llámame Rico —dijo—. Todos lo hacen.

Tasha asintió.

—Rico —el nombre sonaba divertido en su boca—. Mi madre salió de nuestra casa muy tarde la noche del dos de agosto. Nunca la volvimos a ver. Todo lo que sabemos es que terminó en el Café Fireside. Y yo me preguntaba: ¿trabajó usted aquella noche? Fue la noche de la gran tormenta, ¿recuerda? La peor tormenta que ha sufrido la ciudad desde los años veinte.

Entonces, apareció el camarero con una pizza y una botella de *coca-cola.*

—Recuerdo aquella noche —dijo Enrico, sirviéndoles a cada uno una ración de pizza—. Estuve en el Café, pero me marché temprano. Recibí una llamada de teléfono de mi primo, vivía con él por entonces. Aquella noche, el viento era tan fuerte que levantó la mitad de las tejas de su tejado. Dentro estaba diluviando. Qué noche tan terrible —hizo una pausa y les sonrió—. ¿Qué os parece mi pizza? ¿Diferente, eh?

Tasha tuvo que admitir que lo era. Era la pizza con más picante que había probado nunca.

—No utilizo la salsa de tomate habitual —dijo Enrico—. Uso salsa. Muy fuerte, salsa picante.

—Muy interesante —reconoció Jace mientras acompañaba cada bocado con algunos tragos de *coca-cola*—. Bueno, en cuanto a la noche de la tormenta...

—Mi pobre primo se estaba volviendo loco a causa de la lluvia que se estaba filtrando dentro de su casa —siguió Enrico—. Así que le pregunté al administrador; te acordarás de él, Tasha. El señor Horseballer.

—Por poco —Jace reprimió una sonrisa.

—Le pregunté si podía marcharme temprano, ya sabes: así podría ayudar a mi primo. Y él dijo, «claro». El negocio iba bastante flojo aquella noche. Así que me fui.

—¿Tiene usted idea de a qué hora se marchó usted del restaurante? —preguntó Tasha.

Enrico sacudió la cabeza.

—Fue hace mucho tiempo. Yo diría que a las ocho y media. Tal vez las nueve. No estoy seguro.

Demasiado temprano, pensó Tasha. Sus padres no se habían peleado hasta las nueve en punto.

—¿Pero el señor Horstbueller estaba en el Café cuando usted se marchó? —volvió a la carga Jace— ¿Tiene idea de cuánto tiempo se quedó?

Enrico se encogió de hombros.

—Conociéndole, estaría hasta el momento de cerrar. Era un tipo al que no le gustaba correr riesgos, podría perder un cliente. Se suponía que el local estaba abierto de once a una, todos los días, y él se aseguraba de que así fuese. Solía decir: «¿Qué ocurrirá si cerramos temprano y justo entonces aparece un cliente? Ese cliente no volverá más y además les contará a todos sus amigos que el Café Fireside no mantiene su palabra». Apuesto a que estuvo allí toda la noche.

Tasha y Jace intercambiaron miradas. Enrico Zapata no

había estado en el restaurante aquella noche, así que no había visto a la madre de Tasha. Pero tal vez podría ayudarlos en algo.

—¿Supongo que no tendrá usted ni idea de dónde podríamos encontrar al señor Horstbueller? —preguntó Tasha.

—Claro —dijo Enrico. No lo dudó ni por un momento—. Sé exactamente dónde podréis encontrarle. ¿Conocéis la calle Mount Pleasant? ¿Cerca de la Avenida Lawrence?

El corazón de Tasha empezó a latir con fuerza. Por fin alguien que podría estar dispuesto a contar algo.

—¿Vive allí? —preguntó Jace.

—Está enterrado allí. Está muerto. Murió hace cinco años, poco después de la gran tormenta.

VII

TASHA MIRÓ desesperada a Enrico Zapata.

—¿Muerto? —repitió. Localizar a Evart Horstbueller suponía una posibilidad de averiguar cuándo había llegado su madre al Café, con quién había llegado o se había encontrado allí, y lo que podía haber sucedido después—. ¿Está usted seguro? —era una pregunta estúpida, lo sabía. Cómo no estar seguro de que alguien estaba muerto. Pero se le escapó antes de que pudiese evitarlo.

—¿Que si estoy seguro? —dijo Enrico—. Fui al entierro. Murió en un accidente. Un accidente de automóvil, creo. Por lo menos, eso es lo que dijeron.

—¿Qué quiere decir? —preguntó Jace—. ¿Está usted diciendo que en realidad no *fue* un accidente?

Enrico se encogió de hombros.

—Las cosas no marchaban bien en el Café. La clientela había cambiado. Había cambiado todo el vecindario. En lugar de un barrio agradable con familias agradables, no había más que problemas. Todos los días aparecía algo feo en las noticias, ¿sabes a lo que me refiero?

Jace asintió con la cabeza.

—Drogas y prostitución —dijo—. Y bandas.

—Exactamente —Enrico sacudió la cabeza con tristeza—. He oído que ha mejorado un poco desde entonces, pero hace unos años la cosa estaba mal. Realmente mal. Empezó a merodear por los alrededores del Café gente peligrosa. Espantaron a la mayor parte de los antiguos clientes. El señor Horseballer solía avisar a la policía dos, a veces tres veces al día, pero nunca hacían nada. Siempre le decían lo mismo. «Avísenos cuando alguien cometa un delito», decían. No hay leyes que prohíban a una persona entrar en un restaurante y pedir una taza de café o un trozo de pastel. Así que el negocio fue cuesta abajo. Supongo que por eso tu padre decidió vender, ¿eh?

Tasha asintió, aunque no estaba prestando mucha atención. Se había quedado tan pasmada al escuchar lo que le había pasado al señor Horstbueller, que no podía concentrarse en nada más.

—Así que, quién sabe —prosiguió Enrico—. Un hombre se deprime. Trabaja duro en la vida para levantar algo y fracasa. Cuando un hombre sufre un accidente de coche en esas circunstancias, ¿puede decirse realmente que ha sido un accidente?

Tasha estaba tratando de buscar otro camino a la vista de aquellas últimas noticias. Bien, así que el señor Horstbueller estaba muerto. Tenía que haber algún otro camino, otra persona que supiese algo.

—¿Y el resto del personal del Café? —preguntó—. ¿Había alguien más en el Café cuando usted se marchó aquella noche para ayudar a su primo?

Enrico se rascó la cabeza y reflexionó un momento.

—Supongo que Artie Jacobs estaba allí. ¿Te acuerdas de él? Era el segundo *chef.*

—¿Sabe dónde podemos encontrarle?

—¿Artie? Se retiró después de que se vendiese el local. Lo último que oí fue que estaba en algun lugar de Florida. ¿Fort Lauderdale? Tal vez Tampa. O tal vez era Arizona, en una de esas residencias.

Otro golpe. Tasha comprobó que no iban a conseguir nada. Por mucho que quisiera, no iba a poder ayudar a su padre.

—¿Y los clientes? —preguntó Jace—. ¿Había algunos habituales allí? ¿Alguno que pudiese conocer a la madre de

Tasha? —por el tono de su voz Tasha se dio cuenta de que también estaba desanimándose.

—Ninguno en especial —dijo Enrico—. Matones de la zona. Uno o dos yonquis. Nadie de fiar, eso seguro —miró a Tasha—. Lo siento. Me gustaría poder decirte algo útil. La verdad es que era gente muy simpática. Incluso tu padre, cuando cocinaba. Era un buen tipo, aunque se perdiese de vez en cuando. Ya sabes, su temperamento. A veces solía perder los estribos, especialmente si algo iba mal en la cocina. Empezaba a exhibir ese gran cuchillo de carnicero a su alrededor, echando rapapolvos a todos... —se detuvo bruscamente y apartó su mirada de Tasha—. Lo siento —murmuró—. No quiero decir que tu padre...

—Está bien —dijo Tasha. Mentira. No estaba bien en absoluto. ¿Y si la policía decidía interrogar a la gente que trabajaba en el Café? ¿Qué pensarían si oían a Enrico Zapata hablar sobre el temperamento de su padre? Casi seguro que el fiscal querría usarle como testigo para la acusación.

—Gracias por su tiempo —dijo ella y se levantó. Jace se puso inmediatamente en pie también—. Me alegro de que le haya ido bien desde que papá vendió el Café —dijo amablemente—. Es un lugar muy agradable.

—Y con una comida muy interesante —dijo Jace con entusiasmo—. Creo que nunca antes había tomado pizza Tex-Mex.

—Fue idea de mi hija —comentó Enrico—. Yo aprendí todo lo que sé acerca del negocio de la comida trabajando en restaurantes; primero como ayudante de camarero, después como camarero. Mi hija aprendió en la escuela. Estudió hostelería. ¿Qué os parece, eh? Ahora a los chavales les enseñan en clase todo lo que antes había que aprender con la práctica —y se rió.

Hija. La palabra resonó en la cabeza de Tasha. Por supuesto. Tal vez había otro enfoque, otra persona que podía haber visto algo aquella noche, alguien a quien el señor Horstbueller pudiese haber comentado algo extraño que hubiese sucedido.

—¿Se acuerda usted de que el señor Horstbueller vivía al otro lado de la ciudad? —preguntó a Enrico—. ¿Recuerda cómo se negaba a sacarse el carné de conducir? Solía decir que había demasiado chiflado en la carretera.

—Claro —dijo Enrico, sonriendo—, su hija solía llevarle todos los días. También le recogía cada noche. Me acuerdo de eso porque recuerdo haber pensado. «Eso es una hija, cruza la ciudad dos veces al día en coche y todo porque su viejo es demasiado testarudo para sacarse él mismo el carné». La verdad es que una hija así es algo especial.

—¿Sabe si ella aún vive en la ciudad? —preguntó Tasha.

—No había ningun Horstbueller en la guía de teléfonos —le recordó Jace.

—Oí que se había casado un año después de que su padre muriera —dijo Enrico.

Tasha asintió con la cabeza. Eso explicaría por qué no se encontraba en el listín bajo el nombre Horstbueller. Tuvo que adoptar el apellido de su marido.

—¿Sabe con quién se casó? —preguntó Tasha.

Enrico sacudió su cabeza.

—Oí que con un tipo que trabaja en la funeraria. Bastante escalofriante, ¿eh? Tanta muerte y tristeza. Alguien me dijo su nombre una vez, pero no volví a coincidir con él. Si coincido con alguien, difícilmente olvido su nombre. ¿Pero un tipo con quien no coincido nunca? —se encogió de hombros—. No te ayudo mucho, ¿verdad, Tasha? Bueno, supongo que si vienes a verme es que no te quedan más recursos. Horseballer está muerto. Artie Jacobs está en alguno de los Estados. Y si estás aquí, obviamente es que el señor Durant no puede ayudarte.

Tasha se le quedó mirando.

—¿El señor Durant? ¿Se refiere a Denny Durant?

—Claro —dijo Enrico Zapata—. ¿Ya has hablado con él, verdad?

Tasha no estaba segura de entender a lo que se refería.

—¿Está diciendo que Denny Durant estaba en el Café la noche de la tormenta?

Ahora fue Enrico Zapata quien se quedó sorprendido.

—Claro que estaba. Estaba allí todas las noches. Desconocía cómo llevar un restaurante; la única pasta que había hecho en su vida era como jugador de *hockey*. Pero le gustaba estar sentado en la mesa de la trastienda, actuando como una persona importante. A todos les decía que protegía sus inversiones.

—¿Sus inversiones? —ahora Tasha estaba completamente perdida.

—Era propietario de la mitad del local —explicó Enrico Zapata—. ¿No lo sabías?

Ella negó con la cabeza. ¿Denny Durant era propietario de la mitad del Café y nadie se había preocupado nunca de mencionárselo a ella? Parecía imposible.

—¿Está seguro? —preguntó ella.

—Claro que estoy seguro. Se encargaba de decírselo a todo el mundo un par de docenas de veces cada día. Cuando tu madre vendió su mitad del local, tu padre tomó a Denny Durant como una especie de socio silencioso, sólo que Denny nunca se calló.

—¿Y está usted completamente seguro de que Denny estaba en el Café aquella noche?

—Sí.

—Gracias, señor... Gracias, Rico. Un millón de gracias.

—No me lo digas, déjame adivinar —dijo Jace cuando estuvieron afuera—. Quieres ir a Lenny y Denny.

Tasha afirmó con la cabeza.

El Lenny y Denny de Eglinton era el primero de los tres que había abierto su padre en los últimos años. También era el más grande, y donde su padre y Denny Durant tenían los despachos.

—He debido de pasar por este sitio un millón de veces —dijo Jace—, pero nunca he estado dentro. Es un auténtico museo del deporte, ¿verdad? —echó un vistazo a las fotos de *hockey*, jerséis y otros objetos de interés deportivo que poblaban las paredes de la zona que iba desde el bar hasta la puerta principal. En un rincón estaban retransmitiendo un partido de fútbol en una gran pantalla de televisión.

—El bar es la parte que corresponde a Denny en el negocio —explicó Tasha—. Es un bar deportivo. Lo dirige Denny. El restaurante de allí —señaló hacia la entrada del gran comedor— es exclusivamente familiar. A papá le gusta decir que puedes llevar allí a tu mujer y a los niños, porque todos encontrarán en el menú algo que les guste por un precio asequible.

Le condujo al interior del bar, donde se acercó a la barra y preguntó al *barman* si el señor Durant estaba allí.

—Iré a buscarle —dijo, y se dirigió a la oficina de Denny Durant en la parte de atrás del bar. Mientras esperaban a que volviese, Jace echó una ojeada a algunas fotografías de la pared.

—Eh, ésos sí que son veteranos —dijo—. Veteranos «famosos» —parecía impresionado—. Mira, ése es Claude Dufresne. Y ahí está Rick Morrow. Esos tipos fueron grandes estrellas en su tiempo.

Así era Denny —dijo Tasha—. Según Denny, claro.

Apenas miró las fotos. Nunca se había interesado por los deportes profesionales, y el *hockey* en particular no le gustaba. Los partidos siempre parecían terminar en peleas a puñetazos. Los jugadores eran arrastrados por el hielo, sus rostros sudaban o sus ojos sangraban, y a los seguidores parecía gustarles. Pensó que no era de sorprender que tantos jugadores sonrientes en las fotos hubiesen perdido por lo menos un diente, y que ese otro montón tuviese cicatrices en las caras. Se dio la vuelta disgustada, justo a tiempo de ver al *barman* volviéndose hacia ellos.

—Vais a tener que esperar un minuto —dijo—. Está con alguien.

Precisamente en ese momento se abrió la puerta de la oficina del fondo y salió un hombre de rostro sombrío. Se paró en la puerta y volvió a mirar dentro.

—Lo digo en serio, Denny —gruñó—. Ten cuidado o lo lamentarás —y el hombre pasó pisando fuerte justo al lado de Jace y Tasha.

—Supongo que podéis pasar ya —dijo el *barman.*

—¿Quién era ése? —susurró Jace cuando se dirigieron a la oficina de Denny.

—¿Quién sabe? —dijo Tasha—. Denny se codea con un montón de mala gente. O quizá alguien a quien debe dinero. Papá dice que Denny juega más de la cuenta.

La puerta de la oficina ya estaba abierta. Denny estaba anudándose la corbata. Mostró una sonrisa a Tasha y le hizo señas para que entrase.

—¿A qué te dedicas, niña? —y le acercó una silla mientras examinaba a Jace—. ¿Qué tal lo llevas?

—Bien, supongo —respondió Tasha. Presentó a Jace y se sentó.

—Vaya un matón —dijo Denny—. Hay matones por todas partes, según mi opinión. Supongo que al final le tocó al viejo Len, ¿eh? Estaba tan colado por tu madre. Yo solía decirle: «Tienes que relajarte, compadre. Tienes que darle más espacio vital». Pero él no podía. Imagino que fue el colmo cuando ella volvió a estudiar. No lo llevó muy bien, ya sabes a lo que me refiero. Y tú sabes cómo es él cuando le explota ese temperamento. Quiero decir, que si eres inteligente, te mantendrías lo más lejos que pudieras, ¿tengo razón? —sacudió la cabeza, como si se sobrecogiese con una imagen fantástica que pasase por su mente—. De verdad que siento el giro que ha dado todo esto, niña.

A Tasha nunca le había gustado Denny Durant. Su padre y Denny habían crecido juntos. Tasha sospechaba que su padre se había cegado al acudir a Denny. Pero ella no. Ella reconocía a Denny tal y como era. Era demasiado chillón. Tenía demasiada avidez de prestigio cuando llegó a ser propietario del Lenny y Denny. Ni siquiera sabía mucho sobre el negocio. Hasta ahora lo que ella podía contar era que él se sentaba en su oficina ideando locos proyectos publicitarios para los restaurantes mientras su padre realizaba el auténtico trabajo. E insistía en llamar «niña» a Tasha. No podía recordar ni una sola vez que la hubiera llamado por su nombre. A veces se preguntaba si lo conocía.

—Suena como si pensases que mi padre lo hizo —dijo ella, con voz tan quebradiza como el hielo.

Denny parpadeó sorprendido. Sus mejillas se ruborizaron.

—¿No es eso lo que dicen los polis? Quiero decir, mira, niña...

—Tasha —dijo ella—. Mi nombre es Tasha.

—Claro, ya lo sé —dijo Denny, sonriendo—. Pequeña Tasha-Tatas. ¿No es eso lo que solía decirte tu madre?

Tasha se negó a devolverle la sonrisa.

—¿Crees que mi padre es inocente o no?

—Mira, Tasha —dijo Denny—, veo que estás enfadada. Siempre es un golpe descubrir cosas que no quieres saber sobre gente a la que quieres. Pero los polis...

—¿Has hablado con la policía? —Tasha dio un brinco.

—Claro, puedes decirlo así. Ellos hablaron conmigo. Vinieron aquí y me hicieron un montón de preguntas, ya sabes, debido a que soy socio de tu viejo.

—¿Qué les contaste? —preguntó Tasha.

—No había mucho que yo les pudiera contar —respondió Denny. El cuero de la tapicería de su silla crujió cuando se movió—. Sólo que tu gente tenía sus problemas. ¿Qué pareja casada no tiene problemas? Ésa es la razón por la cual yo nunca he tomado ese camino al altar, ¿sabes a lo que me refiero?

Tasha le contemplaba pasmada.

—De todos modos —siguió Denny—, ¿y qué si tu padre explotaba una y otra vez? Eso no demuestra nada necesariamente, ¿no? —rió nervioso—. Claro, solía desahogarse. Solía amenazarla a gritos para que la gente pudiese escucharle a diez manzanas. Pero, eh, eso no convierte en culpable al tipo, ¿no?

Tasha contemplaba fijamente a Denny Durant, cuyos pequeños ojos negros que evitaban los suyos brincaban de un lado a otro. Si le había contado a la policía lo que le acababa de contar a ella —y lo hizo, porque así se lo había dicho a ella—, entonces sería tan bueno como haberle comunicado a todo el mundo que su padre era culpable.

A ella nunca le había gustado Denny Durant, pero precisamente ahora le odiaba. A partir de ese momento empezó a entender cómo la cólera de las personas les conducía a hacer locuras, cosas de las que tendrían que lamentarse después. Apretó los puños. Tuvo que luchar consigo misma para evitar insultarle. Cuando habló, le temblaba la voz.

—¿Estuviste en el Café Fireside la noche en que desapareció mi madre?

—Sí —dijo Denny—. Estuve allí un rato. Como le dije a los polis, estuve allí hasta las nueve y media. Después me marché a causa de la tormenta, y porque el negocio andababa flojo.

La voz de Denny le crispaba los nervios a Tasha. Ahora hablaba con un tono desafiante, como un hombre que hubiese cumplido con su deber cívico y no cómo uno que había clavado un cuchillo en la espalda de su socio.

—¿Viste a mi madre aquella noche?

Denny Durant la miró directamente a los ojos.

—No —dijo—. No la vi.

—¿Quién más había en el Café cuando tú te fuiste?

—Los ojos de Denny empezaron a arder como brasas encendidas.

—Mira, niña. Entiendo que estés trastornada. Pero tú no eres poli. Yo no tengo por qué estar aquí sentado mientras tú me asas como a un filete, especialmente haciéndolo con ese aire de superioridad. Ya estoy harto de contestar preguntas. Entre los polis y la prensa, mi teléfono no ha parado de sonar. Aparte de todos los asuntos del negocio que tengo que manejar mientras tu viejo está encerrado. Y ahora tú.

Tasha se mantuvo firme, aunque le temblaban las rodillas. Si no controlaba su ira, no obtendría ninguna información de él. Él no le gustaba, pero necesitaba saber lo que él sabía, fuera lo que fuese.

—Yo..., lo siento —dijo. Las palabras le amargaban la boca—. Sé que nunca harías nada que perjudicase a mi padre. Estoy segura de que todo lo que le dijiste a la policía fue lo que viste y sabías. Pero entiéndelo, yo creo que mi padre no lo hizo.

—*Nosotros* creemos que no lo hizo —puntualizó Jace. Tasha le echó un vistazo y vio en sus ojos el mismo desagrado que ella sentía por Denny Durant.

—Voy a resolver lo que ocurrió. Estuvimos hablando con Enrico Zapata...

Denny pareció sorprendido.

—¿Rico, eh? ¿Aún anda por aquí?

Tasha asintió.

—Dice que tú estabas en el Café cuando él se marchó. Igual que Artie Jacobs.

—Creo que Artie está en algún Estado del sur. O estaba. A lo mejor ya ha estirado la pata, ¿eh?

Tasha ignoró la cruel observación.

—Y Evart Horstbueller...

—Pobre, ése estiró definitivamente la pata —dijo Denny.

—¿Tienes idea de quién más estaba en el Café aquella noche, o quién se quedó cuando tú te marchaste?

El cuero del sillón de Denny crujió de nuevo cuando se reclinó y se quedó mirando al techo durante un instante.

—No me viene nadie a la mente, niña... eem, Tasha. Ya te he dicho que me marché temprano. Le dije a Evart que cerrase el negocio, pero ese tipo era un testarudo. Pasara lo que pasara no habría cerrado antes de tiempo. Se podría declarar la Tercera Guerra Mundial y el viejo Evart tendría las puertas abiertas —se encogió de hombros—. ¿Consideras que podrías arrancarle la corteza al árbol viejo, niña?

—¿Qué quieres decir?

—Bueno, tal y como estás planteando las preguntas, estás pensando que si tu madre fue al Café, alguien debería haberla visto. ¿Correcto?

Tasha asintió con la cabeza.

—Bueno, no tiene por qué ser así necesariamente. Sabes que ella tenía sus propias llaves del local. Pudo ir allí a cualquier hora del día o de la noche. Podría haber entrado a las tres de la mañana, sin que nadie lo supiese.

Tasha se quedó sin aire. Notó que se le iba la cabeza y sintió náuseas, todo al mismo tiempo. Lo que había dicho era cierto. Ella había seguido una línea de razonamiento. No había considerado que podría haber otra, que tal vez su búsqueda estaba condenada al fracaso desde el principio.

—Lo siento, niña —dijo Denny—. Supongo que esto no es lo que tú querías oír, ¿eh?

Tasha se dio media vuelta y salió a trompicones hacia la puerta. Entonces notó algo. Jace la estaba agarrando por el codo. La sostuvo mientras decía:

—Sólo una cosa más, señor Durant. El señor Horstbueller tenía una hija. ¿Usted no sabrá por casualidad dónde podríamos encontrarla, o cual es su nombre de casada?

Denny frunció el ceño.

—¿Por qué la estáis buscando? Ella no estaba allí.

—Ella recogía a su padre todas las noches —recordó

Jace—. Hemos pensado que si pasó algo extraño aquella noche, podría haberle dicho algo a ella.

Denny se encogió de hombros.

—Bueno, entiéndeme, chico. Nunca coincidí con la chica. Ni tampoco fui invitado a la boda. Lo siento.

—Sí —murmuró Jace, como si lamentase encontrarse cerca de Denny Durant—. Claro.

Tasha y Jace abandonaron la oficina de Denny y se encaminaron hacia una mesa para ver qué opciones les quedaban. Mientras Jace bebía su *coca-cola,* Tasha intentaba decidir lo siguiente que haría. ¿Qué podía hacer? Enrico Zapata no podía ayudarla. Ni Denny. Y Evart Horstbueller estaba muerto. Removía su *coca-cola* con la pajita una y otra vez, y deseó que sus padres hubiesen sido más felices juntos para que nada de esto hubiera sucedido.

—Tal vez haya alguna forma de poder seguirle el rastro a la hija —dijo Jace finalmente.

—Tal vez —dijo Tasha, aunque no tenía ni idea de cómo iban a hacerlo o si el esfuerzo merecía siquiera la pena. ¿Y si Denny tenía razón? ¿Y si su madre había ido al Café mucho después de que todos se hubiesen marchado? ¿Y si...?—. Jace, sé que no queda precisamente de camino a casa, pero ¿crees que podríamos pasar por el Café?

Jace asintió e hizo señas a un camarero para que le trajese la cuenta.

—No hay problema —dijo—. Donde tú quieras.

—No les cobraremos las bebidas —informó el camarero.

—¿No cobra?

—El señor Durant dice que invita la casa —hizo un gesto con la cabeza señalando al fondo. Denny estaba sentado a una mesa y los saludó con la mano.

Sin contestar al saludo de Denny, Tasha se levantó y salió rápidamente del local.

Cuando andaban sólo a unas manzanas de donde había estado el Café, Tasha comprobó que cinco años es mucho tiempo para estar alejado de un lugar. El barrio no era ni mucho menos el mismo que ella recordaba. Las casas parecían más estropeadas. Muchas de ellas necesitaban una capa de pintura y ventanas nuevas. Algunas tenían la suficiente fortuna de contar con vecinos que se cuidaban de que se segase el césped de sus minúsculos jardines, aunque la mayoría estaban invadidos por la maleza que también crecía a cada lado de las agrietadas y sinuosas sendas de cemento. Las fachadas de las tiendas de la zona eran tan lúgubres como las casas. Tasha recordaba tiendas de alimentación y panaderías, y algunos restaurantes pequeños que atraían suficientes comensales para mantenerse ocupados y dar a las aceras un ambiente alegre durante las veladas de primavera y verano. Ahora había muchos comercios con los escaparates cubiertos de papel. Los únicos locales que parecían atraer clientes eran dos casas de apuestas. El escaparate de cristal blindado de la tienda de informática tenía una inmensa grieta que lo recorría diagonalmente. La habían tapado a medias con cinta adhesiva. No se veía ni un cliente a través del escaparate de una pequeña zapatería. Y el lugar en el que había estado el Café Fireside era ahora un enorme agujero en el solar, rodeado por una verja de madera, con la entrada precintada con una ancha cinta amarilla de la policía. Otra vez se encontró con el horror de que el cuerpo de su madre había estado yaciendo allí todos esos años.

Tragó saliva para contener las lágrimas y mantener bajo control sus emociones.

—Me imagino que no tiene sentido quedarse aquí —dijo con voz temblorosa. Se arrepentía de haber venido. Si se quedaba allí un instante más, esa vista, ese horrible vacío, reemplazaría todos los dulces recuerdos que había estado llevando consigo durante tanto tiempo—. Vámonos.

Apenas Jacc encendió el intermitente, Tasha dio un grito:

—¡No, espera! ¡Para el coche!

Jace dio un frenazo. Los neumáticos chirriaron. Tasha se giró justo a tiempo de ver un coche negro que quedó casi pegado a la parte trasera del coche de Jace. El conductor parecía furioso.

—Probablemente saldrá y se liará a golpes conmigo —dijo Jace.

En lugar de eso, el conductor hizo una pesada maniobra con el volante y pasó rápidamente a su lado.

Jace respiró aliviado.

—¿Estás bien? —le preguntó a Tasha.

Pero Tasha ya estaba saltando fuera del coche.

—Esa mujer —gritó a sus espaldas—. Tengo que alcanzar a esa mujer.

VIII

TASHA SE lanzó como una flecha, sorteando coches cuyos conductores, sobresaltados, tocaban las bocinas. Ella no se preocupó. Toda su atención se centraba en la anciana que caminaba calle abajo.

—¡Señora Mercer! —gritó—. ¡Señora Mercer!

La vieja mujer no se dio la vuelta. «Tal vez no sea ella. Quizá mis ojos, o mi memoria, me hayan jugado una mala pasada». Sin embargo, Tasha no paró de correr hasta que alcanzó a la mujer. Entonces le tocó el hombro.

—¿Señora Mercer?

La anciana dio un brinco. Cuando se dio la vuelta para mirar a Tasha, tenía la mano puesta sobre el corazón y los ojos muy abiertos, llenos de miedo.

—Señora Mercer, soy Natasha Scanlan. ¿Se acuerda de mí? Mis padres eran dueños del Café Fireside —señaló hacia el inmenso hoyo del solar al otro lado de la calle—. ¿Se acuerda, señora Mercer? Usted solía venir todos los jueves por la tarde a tomar té y bollitos. Yo se los llevaba con un tarrito de mermelada de fresa hecha en casa por mi madre.

La anciana parpadeó. Poco a poco fue desvaneciéndose el temor de su rostro, hasta que por fin parecía simplemente desconcertada. Se quedó mirando fijamente a Tasha y sacudió la cabeza.

—Entonces yo era más bajita —dijo Tasha enseguida—. Era pequeña.

La anciana aún no decía nada, pero siguió escudriñando

a Tasha con ojos vivos y brillantes. Después, comenzó a asentir con la cabeza, muy despacio.

—Pequeña Tasha Scanlan —murmuró.

Tasha sonrió.

—Exacto. Ésa soy yo.

Justo entonces Jace vino hacia ellas dando pesados pasos por la acera y alarmando a la señora Mercer, quien volvió a ponerse la mano sobre el corazón.

—No hay problema —dijo Tasha—. Es mi amigo Jason —se volvió hacia Jace y le explicó—: la señora Mercer vivía justo al otro lado de la calle, frente al Café. Venía una vez a la semana a tomar té con bollitos.

—Todavía —dijo la señora Mercer.

Por un momento Tasha pensó que se refería a sus visitas semanales al Café. Se preguntaba cómo recordarle con delicadeza a la anciana que el Café había sido demolido, cuando de pronto se le ocurrió que la señora Mercer no se refería a los bollitos y a la mermelada de fresa casera.

—¿Quiere decir que vive todavía en el mismo apartamento? —le preguntó—. ¿Encima de la zapatería?

La mujer movió la cabeza afirmativamente.

—Sólo que ya no hay ninguna zapatería. Es una casa de apuestas.

—Señora Mercer, me preguntaba...

—¿Os gustaría a ti y a tu amigo subir a tomar el té? —preguntó la anciana—. He estado haciendo algunos recados y tengo los pies doloridos. Antes solía patearme los bosques todos los días y nunca notaba nada. Aunque, ya no. Iba precisamente a casa a poner la tetera. Venid y acompañadme.

Tasha miró a Jace, quien se encogió de hombros.

—He pagado una hora de parquímetro.

—Nos encantaría —dijo Tasha. Así tendría la oportunidad de preguntarle a la señora Mercer si recordaba la noche de la tormenta, y si aún había por allí alguien más que viviese por la zona cinco años atrás.

A pesar de que la señora Mercer había sido cliente asidua del Café Fireside, y vivía justo enfrente de él, Tasha nunca había estado en su apartamento. Cuando ella y Jace siguieron a la anciana por un tramo de escaleras débilmente iluminado y por un pasillo igual de lúgubre al que daban las puertas de cuatro apartamentos, Tasha contuvo la respiración. Con una entrada tan poco prometedora, se temió que la vivienda de la señora Mercer sería sombría y deprimente. Sus temores se incrementaron cuando la puerta justo enfrente de ellos se abrió de repente y asomó una cabeza canosa, que se les quedó mirando y después volvió a desaparecer dentro. La puerta se cerró con un clic.

—Esa mujer me vuelve loca —dijo la señora Mercer—. Es tan entrometida. Uno de estos días acabarán deteniéndola.

—¿Por ser entrometida? —preguntó Jace. Parecía desconcertado.

—Por molestar a la policía constantemente —explicó la anciana—. Por denunciar sucesos sospechosos. El señor Turner, al final del pasillo, estuvo fuera de casa durante dos días. Y ella denunció su desaparición a la policía.

—¿No había desaparecido? —preguntó Jace.

La señora Mercer sacudió la cabeza.

—Se citó con una mujer. Pasó el fin de semana en su casa. Y no le divirtió demasiado volver y encontrarse a la policía en su puerta, esperando que rindiese cuentas de su paradero.

Cuando la señora Mercer abrió la puerta de su apartamento, Tasha echó un vistazo a Jace, quien sacudió la cabeza como para confirmar la sensación que tenía ella: «extraño lugar, extraña gente».

El apartamento no era ni mucho menos lo que Tasha se esperaba. Tan pronto como ella y Jace dieron un paso adentro, se sumergieron en la luz del sol proveniente de un enorme ventanal en el cuarto de estar. Todo el piso estaba pintado de alegres amarillos y azules pálidos, y en las paredes colgaban pinturas extraordinariamente coloridas y fotografías, casi todas representando pájaros. Algunos eran especies exóticas —loros, cacatúas, flamencos—, mientras que otros, de colores más apagados pero también hermosos, eran norteamericanos. Tasha identificó gansos canadienses en pleno vuelo, urracas, cardenales, lechuzas blancas, perdices. Pero había otros cuyo nombre desconocía.

—Tiene usted una colección completa aquí —dijo Jace algo boquiabierto cuando paseó su mirada por las pinturas, fotos y bocetos, todos bellamente enmarcados.

La señora Mercer parecía complacida ante su reacción.

—He sido una amante de los pájaros toda mi vida —dijo ella—. Las pinturas son todas compradas; si mi vida dependiese de ello, no podría trazar una línea recta. Pero las fotografías sí son obra mía —sonrió—. Soy casi..., bueno..., fotógrafa aficionada.

Tasha volvió a contemplar las fotos. Algunas eran en color, otras, generalmente de composición más espectacular, en blanco y negro.

—Por favor, echad un vistazo —dijo la señora Mercer—. Voy a preparar el té. Tardaré un minuto —y desapareció en la cocina.

Tasha y Jace dieron vueltas por el cuarto de estar, contemplando más de cerca las espectaculares fotografías. A cada marco le había puesto una plaquita metálica con el nombre del pájaro y la fecha en la que había sido hecha la foto.

—Ha debido viajar por toda Norteamérica para hacer ésas —dijo Tasha—. Mira esas perdices blancas de acantilado. Son originarias del Ártico —después se paró un momento ante el ventanal y echó un vistazo hacia la calle. Desde donde ella estaba, veía una clara panorámica del hoyo en el solar. A un lado de la ventana, frente a ella, había un acogedor sillón y una mesa atestada de libros, y sobre ella una lámpara de sobremesa. Sobre uno de los montones de libros había unas gafas pequeñas, Tasha se dio cuenta de que eran para leer. Se imaginó a la señora Mercer allí sentada, con un libro en su regazo, levantando la vista de vez en cuando para ver lo que estaba pasando abajo en la calle. Era posible, muy posible, que hubiera visto algo la noche en que la madre de Tasha había desaparecido.

—Eh, échale un vistazo a esto —dijo Jace.

Tasha atravesó la habitación para ver una foto en color de dos cardenales, un macho con su brillante plumaje rojo posado junto a la hembra, de color rojizo, más castaño que escarlata. Ella estaba reclinada sobre el macho, sobre la cerca de un callejón. Al fondo, Tasha pudo ver un depósito de basura rebosante de latas y bolsas de desperdicios.

—Unos pájaros tan hermosos en un entorno urbano tan feo —comentó Jace—. ¡Qué buena foto!

—Yo no tenía ni idea —murmuró Tasha. La mayor parte de las fotos eran tan buenas como las que había visto en el «National Geographic»—. Para mí ella era sólo esa vieja dama que se vestía de modo extraño y a la que le gustaba el té con bollitos. Solía llevar una especie de falda larga de tweed, y una cazadora, y un par de botas de tipo militar. Siempre tenía una mochila colgada sobre un hombro. Supongo que habría estado fuera buscando pájaros y hacía una parada para tomar una taza de té antes de volver a casa —agitó la cabeza, admirada—. Es curioso cómo te puedes llevar una impresión de la gente, que luego resulta que es completamente falsa. Siempre pensé que estaba poco menos que loca. Resulta que en realidad lo que tenía era talento.

—¡Aquí estamos! —dijo la señora Mercer. Tasha se dio la vuelta rápidamente, con las mejillas ardiendo. Tenía la esperanza de que la anciana no la hubiese escuchado. La señora Mercer traía una bandeja cargada con una tetera, tazas, azúcar, leche y un plato con bizcocho—. Por favor, sentaos. Yo serviré.

Tasha aceptó una taza de té y una rebanada de bizcocho, que devoró con ganas. No se había dado cuenta de lo hambrienta que estaba. Mientras la señora Mercer ponía otro pedazo de bizcocho en su plato, Tasha mencionó el tema de su madre.

—Oh, sí —dijo la anciana, con la voz quebrada por la consternación—. Lo he oído. ¡Qué asunto tan terrible!

—Por eso me alegro de haberme tropezado con usted, señora Mercer. Quería hacerle unas cuantas preguntas.

—¿Preguntas? —la taza de la señora Mercer chocó contra el platillo—. ¿Qué clase de preguntas?

Tasha explicó rápidamente los hechos que habían rodeado el arresto de su padre, y le contó que ella y Jace estaban haciendo todo lo posible para averiguar qué era lo que había sucedido realmente aquella noche.

—Oh, querida —dijo la señora Mercer. Le temblaban las manos cuando puso la taza sobre la mesa—. Oh, querida.

—Hemos estado intentando localizar gente que podría haber visto alguna cosa en el Café aquella noche, cualquier cosa. Intentamos localizar al señor Horstbueller, usted le recordará: administraba el Café para mis padres. Pero murió en un accidente hace cinco años. Y ahora nos hemos tropezado con usted. Tiene que acordarse de aquella noche. Fue la de la gran tormenta. Cayeron árboles por toda la ciudad. Señora Mercer, yo me preguntaba ¿por casualidad no miraría usted por la ventana aquella noche? ¿Vio por casualidad a mi madre llegar al Café?

—¡Oh! —exclamó la señora Mercer, como si de repente le hubiesen pegado una paliza—. Oh, yo, no...

Tasha intercambió miradas con Jace. La pregunta sin duda había consternado a la anciana. Pero ¿por qué?

—Por favor, señora Mercer, de verdad que es importante. ¿Puede recordar usted algo de aquella noche?

—El vecindario ha cambiado tanto —respondió la mujer—. Siempre hay gente indeseable por ahí —y se estremeció ligeramente al pensar en ello.

—¿Pero vio usted algo? ¿Cualquier cosa? —dijo Tasha

con impaciencia. Tal vez con demasiada impaciencia. La anciana parecía incluso alarmada.

—Por lo que hemos podido comprobar —intentó Jace en un tono más relajado que el de Tasha—, la policía ha estado concentrándose en demostrar que el padre de Tasha es culpable. No parece que tengan en cuenta a ningún otro sospechoso. Hemos pensado que si pudiéramos conseguir nuevos datos, lo que fuera, el caso podría tomar una nueva perspectiva. Así que si usted vio por casualidad a la señora Scanlan llegar al Café aquella noche, y si por casualidad estaba con alguien que no fuera el señor Scanlan, o si identificó a alguien entrando o saliendo del Café, eso nos ayudaría mucho. ¿Lo comprende, señora Mercer?

—Sí —dijo la anciana despacio—. Lo comprendo, pero me temo que no os puedo ayudar.

—¿No estuvo usted en casa aquella noche?

—Oh, sí, estuve en casa. Habría que estar loco para salir en una noche como aquella —miró a Tasha como excusándose—. Quiero decir, que a mi edad habría que estar loco. Estaba justo aquí, acurrucada en mi sillón, leyendo.

—¿Aquel sillón de allí? —Tasha señaló el cómodo sillón frente al gran ventanal.

—Yo... supongo —dijo la señora Mercer—. Sí, supongo que tuvo que ser allí. Aunque me temo que no vi nada —se rió, incómoda—. Mi vista ya no es como era. Incluso si hubiera estado asomada por la ventana, lo cual te aseguro que no hice, no habría podido ver mucho. Soy vieja. Cuando eres vieja, las cosas no funcionan tan bien como solían. Me temo que mi vista ya no es lo que era. Lo siento, querida.

—Está bien —dijo Tasha. Otra amarga decepción. ¿Por qué no podría tener suerte sólo por una vez? ¿Por qué la señora Mercer no podría haber dicho algo como: «Vaya, ahora que lo mencionas, la vi llegar. Y había un hombre con ella. No, no era tu padre. Era otro hombre. Un hombre con bigote negro...». Tasha se habría sentido tan feliz que habría dado todo lo que tenía sólo por escuchar aquellas palabras que pondrían a su padre en libertad. Pero no daba la impresión de que eso fuese a ocurrir hoy.

—¿Hay alguien más en el vecindario que pudiera ayudarnos, señora Mercer? —preguntó Jace—. ¿Alguien que viviese aquí hace cinco años, que pudiese haber visto algo aquella noche?

La señora Mercer pensó un momento y después sacudió la cabeza.

—Lo siento —dijo—. No se me ocurre nadie.

Tasha y Jace dieron las gracias a la anciana por el tiempo que les había prestado. La chica incluso se obligó a dar la impresión de ser amable cuando se despidió a la puerta del apartamento. Cuando ella y Jace giraron hacia las escaleras, la puerta del otro lado del pasillo se abrió de nuevo y asomó la misma vieja cara arrugada. La puerta se cerró después tan deprisa como se había abierto. A Tasha le costó bajar las escaleras y salir a la resplandeciente luz del sol. Estaba claro que no podía hacer nada para ayudar a su padre.

—Lo siento, Tasha —dijo Jace cuando la dejó frente a su casa—. Sé que esperabas que descubriésemos algo. Tal vez mañana tengamos suerte, ¿eh?

—Claro —dijo Tasha, aunque no lo creyó ni por un momento. ¿Qué podrían descubrir? Ni siquiera sabía por dónde empezar a buscar. No se le ocurría absolutamente nada. Aunque Jace estaba intentando ser optimista, y ella no quería que se sintiese peor—. Claro, hablaremos mañana.

Tía Cynthia estaba sentada en el cuarto de estar y se puso en pie de un salto en el momento en que Tasha traspasó la puerta.

—¿Dónde has estado? —dijo—. Has estado fuera todo el día. Ni siquiera has llamado. No tenía ni idea de dónde estabas.

Pilló a Tasha con la guardia bajada. Daba la impresión de que tía Cynthia estaba más preocupada que enfadada, igual que lo hubiera estado el padre de Tasha, de haber estado en casa, si ella se hubiese largado sin decirle adónde había ido. Tal vez tía Cynthia no pensara muy bien de Leonard Scanlan, y tal vez había tenido sus diferencias con Catherine Scanlan, pero parecía asumir con seriedad su responsabilidad con Tasha.

—Lo siento —dijo Tasha. Tendría que haber llamado. No volverá a ocurrir.

—¿Dónde has estado? —ahora el tono de voz de tía Cynthia era más indulgente.

—Aquí y allí.

—Intentando ayudar a tu padre, supongo.

Tasha se puso tensa.

—Eso es —dijo, preparándose para la contestación.

Tía Cynthia suspiró y se hundió en el sofá. Sacudió la cabeza despacio.

—No tuvimos un comienzo demasiado bueno ayer, ¿verdad? —dijo por fin—. Y hoy has estado fuera todo el día, así que no hemos tenido ocasión de hablar. Siéntate, Tasha.

Tasha permaneció de pie.

—Por favor —le suplicó tía Cynthia—. Quieras o no, Tasha, vamos a vivir juntas bajo este techo durante algún tiempo. No hay nadie más que cuide de ti. Por favor, siéntate. Tengo que decirte algo.

Tasha se dejó caer de mala gana en el otro extremo del sofá. No estaba de humor para otra diatriba contra sus padres.

—Yo no tengo hijos —empezó tía Cynthia—. Nunca he estado casada. La gente que me conoce bien dice que es porque primero abro la boca y pregunto después —comenzó a reírse, pero se detuvo de golpe al ver que Tasha no se unía a ella—. Lo que estoy intentando decir es que lo siento. No tenía ningún derecho a decir lo que dije anoche. Fue muy insensible por mi parte descubrirte mis sentimientos y mi vieja historia. Debería haber prestado más atención a lo que tú sentías respecto a todo esto. Sé que es tu padre, Tasha. Tal vez no haya estado de acuerdo con él, y tal vez él no estuviese de acuerdo con tu madre, pero si me hubiese pasado a mí, si estuviese en tu lugar, no creo que hubiese actuado de un modo distinto a como tú lo estás haciendo ahora.

Tasha observó a su tía durante un instante antes de replicar. ¿Significaba eso que tía Cynthia creía que su padre era inocente? En realidad, no lo había dicho. Probablemente creía lo que dijo anoche, que al menos era razonable que la policía le tuviese detenido y le tratase como su primer sospechoso. Tasha se dijo a sí misma que no importaba lo que tía Cynthia pensara, porque nada iba a hacerle cambiar de idea a ella. Aunque, mientras tanto, su tía llevaba razón. Tenían que vivir juntas. Tía Cynthia era responsable de ella hasta que su padre volviese a casa. Y si eso iba a durar mucho... Tasha se quitó ese pensamiento de la cabeza. Tenía que obligarse a ser positiva. No ganaría nada sintiéndose desesperada.

—Significaría mucho para mí que aceptaras mis disculpas —dijo tía Cynthia—. Podríamos empezar de nuevo. ¿De acuerdo? —le tendió su mano. A Tasha le llevó un momento darse cuenta de que ella suponía que iba a estrechársela.

—De acuerdo —dijo Tasha.

Tía Cynthia sonrió.

—¿Tienes hambre?

Tasha no tenía, aunque sabía que su tía lo deseaba. Podía oler que había algo al fuego.

—Huele bien —dijo. Después de todo era verdad.

Tía Cynthia sonrió.

—Estupendo. Hay un montón de mis salchichas italianas, famosas en el mundo entero, y sopa de verduras. Y tengo una *baguette* y algo de queso.

Tasha estaba tendida en su cama, completamente vestida, y contemplaba el techo en la oscuridad. La sopa de tía

Cynthia era la mejor que había saboreado nunca. Era tan buena como cualquiera de las cosas que hacía su padre, aunque más interesante, más atrevida. Era espesa, con pedazos de salchicha picante, pimientos rojos y verdes, y con especias raras cuyos nombres tuvo que decirle tía Cyntia.

—La llamo mi sopa italiana casera del este de la India y Surasia —le había dicho tía Cynthia, luciendo una sonrisa radiante ante los halagos de Tasha—. Soy conocida por ella hasta en la China.

Después de retirar los platos, Tasha se había excusado diciendo lo cansada que se sentía.

—No hay problema —le había contestado tía Cynthia, ahora más animada al sentir que había distendido el ambiente.

Tasha estuvo tumbada en la cama durante horas, preguntándose cómo estaría su padre, y si podría verle. Decidió que por la mañana lo primero que haría sería intentarlo. También se preguntaba qué más podría hacer para ayudarle. ¿Con quién más podría hablar? ¿Quién más habría estado en o cerca del Café Fireside aquella noche? ¿Quién más podría haber visto algo?

La señora Mercer había dicho que no quedaba nadie en el vecindario que hubiese vivido allí cinco años antes. Aun así, podría equivocarse. Era posible que si Tasha y Jace iban de puerta en puerta, pudieran tropezarse con alguien que hubiese visto algo, cualquier cosa que pudiese ayudar a su padre. Tenía que sacarle de la cárcel. Tenía que hacerlo.

La frustración formaba un nudo en su estómago. Su padre era inocente. *Tenía* que ser inocente, porque si no lo era... Cerró sus ojos con fuerza, como si eso pudiese expulsar la duda de su mente. Porque si no era inocente, eso significaría que había estado viviendo con un asesino los últimos cinco años. Significaba que las cartas que le había presentado, supuestamente escritas por su madre, habían sido falsificadas, y que la simpatía que él le había mostrado cada vez que ella se sentía deprimida, o cuando el dolor en su corazón por la ausencia de su madre la abrumaba, también era falsa. Sus supuestas demostraciones podrían haber sido la actuación macabra de un asesino a sangre fría. Si había hecho lo que decían, todas las palabras que habían salido de su boca siempre que la consolaba habrían tenido una clara intención. No podía ni imaginarse que tras cada palabra que él pronunciaba sobre su madre, a la que Tasha echaba tan desesperadamente de menos, se escondiese tal demostración de vileza.

No era posible.

Simplemente no era posible.

Si por lo menos la señora Mercer hubiera visto algo.

Si por lo menos. Una vez su padre había dicho que eran las palabras más tristes que había. Palabras de lamento, de desesperación. Palabras de mundos que podrían haber sido, aunque no deberían ser.

Tasha se irguió como un relámpago.

¡Claro! Debería habérsele ocurrido antes. Tenía que haberse equivocado en el apartamento de la anciana. La señora Mercer parecía tan molesta por las preguntas de Tasha que ella había pensado que eran las propias preguntas lo que le había puesto nerviosa. Sin embargo, ahora sabía que era otra cosa.

Pasó sus pies por encima del borde de la cama y se acercó al teléfono que estaba encima de su mesita de noche. Marcó rápidamente el número de Jace, y contuvo la respiración mientras el teléfono sonaba. Eran más de las once. A los señores Bhupal no les gustaría aquella llamada tan tarde.

—Por favor —susurró a oscuras—. Por favor, que conteste Jace.

—¿Hola?

—¡Sí!

—¿Jace?

—Tasha, ¿qué pasa?

—Estaba mintiendo.

—¿Qué?

—La señora Mercer. Estaba mintiendo. ¿No te has fijado en los cuadros de su apartamento?

—Bueno, claro, pero...

—Me refiero a los cuadros que hizo ella. A las fotografías. Estaban fechadas. ¿Te has fijado?

—Sí, pero...

—Algunas fueron hechas exactamente hace cinco años. Algunas se hicieron después, hace dos o tres años.

—Tasha —dijo Jace despacio—, me he perdido.

—La señora Mercer nos ha dicho que estuvo sentada en su sillón aquella noche, el sillón que está justo enfrente del ventanal que da al Café. Ha dicho que estuvo sentada precisamente ahí, pero que no vio nada porque tenía la vista mal. ¿Lo recuerdas?

—Sí...

—Si sus ojos estaban tan mal hace cinco años, ¿cómo es que pudo hacer esas fotografías tan espectaculares? Aún las siguió haciendo un par de años después.

—Tal vez llevaba gafas.

—Las llevaba, Jace. Las he visto encima de un montón de libros sobre la mesa que está junto a su sillón de lectura. Pero eran gafas de medias lentes. Cuando la gente lleva gafas como ésas, estoy segura de que es porque sólo las necesitan para leer. Apuesto a que la señora Mercer ve perfectamente de lejos.

Hubo una larga pausa al otro extremo de la línea. Cuando por fin Jace volvió a hablar, parecía casi tan excitado como lo estaba ella.

—Así que eso significa...

—Significa que hace cinco años también veía perfectamente de lejos. Lo cual quiere decir que nos ha mentido cuando ha dicho que era incapaz de ver nada al otro lado de la calle. ¿Y no te has dado cuenta de lo nerviosa que parecía de repente cuando ha empezado a hablar de aquella noche? Nos ha mentido, Jace. Está ocultando algo. Tal vez vio algo hace cinco años que la asustó. Algo que hace que mienta sobre ello ahora, cinco años después.

Escuchó la suave respiración de Jace mientras pensaba en esa parte de la información.

—Entonces —dijo el chico por fin—, ¿qué quieres hacer?

—Creo que deberíamos volver allí mañana. Creo que deberíamos plantarle cara.

—Te recogeré a las diez —dijo Jace.

Tasha sonrió. Lo había dicho dando por supuesto que ella tenía razón, que tenían que volver, sin que importase cómo iba a reaccionar la anciana al verlos en el umbral de su puerta otra vez, porque era la única opción y ella tenía perfecto derecho a sugerirlo. Le invadió una ola de gratitud. Intentó imaginarse haciendo todo aquello ella sola, sin alguien a su lado que creyese en ella.

—¿Jace?

—¿Sí?

—Sabes, te agradezco esto de verdad.

—¿Qué, que te acompañe allí?

—No —dijo ella—. Me refiero a todo. Creer en mi padre, ayudarme, todo.

—No hay problema —dijo Jace—. ¿No están para eso los amigos?

A la mañana siguiente, Tasha estaba preparada y esperando en la acera cuando Jace paró frente a su casa. Mientras se abrochaba el cinturón, él sacó una bolsita de papel marrón y se la ofreció.

—¿Qué es?

—Uno de los famosos bizcochos de limón de mi madre —dijo Jace—. Se le ha ocurrido pensar que probablemente no estás comiendo bien. Le he prometido estar encima de ti con un palo grande, para asegurarme de que te lo comías.

Tasha abrió la bolsa y olisqueó el contenido.

—No creo que necesites ese palo —dijo, dando cuenta del bizcocho mientras cruzaban la ciudad. Aquella podría ser la gran oportunidad de su padre. A lo mejor, dentro de una hora, estaba en la comisaría con una prueba decisiva que dejaría libre a su padre.

Tasha y Jace pararon en la puerta contigua a la entrada de la casa de apuestas. Tasha estaba tan impaciente que subió los escalones de dos en dos. Llamó con fuerza a la puerta del apartamento de la señora Mercer antes de que Jace llegara junto a ella. No hubo contestación.

—A lo mejor ha ido a la iglesia —opinó Jace—. Es domingo.

Tasha se desplomó sobre la puerta. No había pensado en la posibilidad de que no estuviera. Justo entonces asomó una cabeza por una de las puertas al otro lado del vestíbulo. Era la misma cabeza que se había asomado el día antes.

—Perdone —dijo Tasha—, ¿sabe dónde está la señora Mercer?

La mujer pareció alarmarse y comenzó a retirarse.

—¡Espere! —gritó Tasha—. Somos amigos de la señora Mercer. Estuvimos aquí ayer, ¿se acuerda?

La puerta volvió a abrirse más, mostrando a una mujer que llevaba un ancho chándal morado. Aparentaba ser incluso mayor que la señora Mercer.

—Me acuerdo —dijo, con voz fina y quebrada por la edad.

—Por casualidad, ¿no sabrá dónde está ahora la señora Mercer? —preguntó Tasha—. Es muy importante que hablemos con ella.

—No creo que pueda —dijo la anciana—. Está en el hospital.

—¿Qué?

—Creen que fue un accidente —comentó la anciana—,

aunque les dije que no era así, que no había nada accidental en el asunto. Les dije que trataron de matarla.

—¿Quién fue? —preguntó Tasha—. ¿Quién intentó matar a la señora Mercer?

—El hombre que la empujó escaleras abajo —respondió la anciana—. No se empuja a una persona por las escaleras a no ser que se le quiera hacer daño. Y no se le empuja tan fuerte a no ser que pretendas matarla.

IX

TASHA SE quedó mirando fijamente a la anciana.

—¿Quiere decir que de verdad vio a alguien empujar a la señora Mercer por las escaleras?

—Sí —contestó la mujer, excitada—. Exactamente eso es lo que quiero decir. Se lo dije a ellos cuando vinieron a buscarla. Les dije que alguien la había empujado, alguien trató de matarla; pero no hicieron nada al respecto.

—¿Ellos? —preguntó Tasha.

—Los que vinieron en la ambulancia. Se lo conté, dije: «Edith no saltó por las escaleras, ¿saben? Fue empujada por un hombre malvado».

Jace enarcó una ceja e intercambió miradas con Tasha.

—¿Por casualidad, reconoció al hombre, señora...?

—Zadoor —dijo la anciana—. Señora Maimie Zadoor. El señor Zadoor era artista de teatro, sabes. El gran Zadoor, le llamaban. Era escapista, mejor incluso que Houdini.

Jace le sonrió con indulgencia.

—Señora Zadoor, ¿de verdad vio al hombre que empujó a la señora Mercer escaleras abajo?

—Le vi. Era alto —siguió la señora Zadoor—. Muy alto. Y tenía el pelo amarillo...

—¿Quiere decir rubio?

—Quiero decir amarillo —dijo la señora Zadoor—. Brillante como la flor de un ranúnculo. Y tenía un pájaro en la cara.

—¿Un pájaro? —Jace parecía escéptico.

—Un pájaro —confirmó la anciana—. En la mejilla.

—¿Se refiere a un tatuaje? —preguntó Jace.

—Un tatuaje, no. Un pájaro. Parecía una garza, en mi opinión, aunque Edith hubiera tenido una idea más precisa. Le tiene mucho cariño a los pájaros, sabes.

—Sí —dijo Tasha—. Lo sé. ¿Reconoció a ese hombre, señora Zadoor? ¿Le había visto antes?

La señora Zadoor sacudió la cabeza canosa.

—¿Le habló usted a los de la ambulancia del hombre con el pájaro en la cara? —preguntó Jace.

—Por supuesto que se lo dije. Les dije que debían avisar a la policía, ellos tenían que buscar al hombre y detenerle.

—¿Y ellos llamaron a la policía?

—Que yo sepa, no —la señora Zadoor frunció el entrecejo—. Creen que estoy loca. Yo fui tragafuegos, ¿os lo he dicho? También tragaba espadas. Para eso tienes que ser inteligente, no estar loca. Les dije: «Busquen al hombre del pájaro en la cara, él es el que la empujó». Pero ellos no hicieron nada. Sólo la metieron en la parte de atrás de la ambulancia y se la llevaron al hospital.

—¿No sabrá usted a qué hospital? —preguntó Tasha.

—Western General —dijo la señora Zadoor.

Dieron las gracias a la anciana y volvieron a bajar por las escaleras.

—Ella es tragafuegos y yo adivino —dijo Jace, mientras abría la puerta del coche—. Leo tu mente incluso mientras estoy hablando.

—¿Sí? ¿Y qué ves?

—Veo que quieres ir al hospital Western General.

—Es agradable saber que, si todo ese asunto de la informática no te da resultado —dijo Tasha—, tienes algo con lo que ganarte la vida.

—¿Quieres decir, vidente?

—O chófer.

Una hora mas tarde, Tasha estaba sentada en el coche de

Jace, con la vista al frente y en blanco. Por la mañana había saltado de la cama con optimismo. «Hoy va a ser el día», había pensado. La señora Mercer sabía algo y Tasha iba a obligarla a revelarlo. Después iba a usar la información de la señora Mercer para poner en libertad a su padre. Por lo menos ése era su plan. Pero ahora parecía que las cosas no se iban a desarrollar de la forma que esperaba. Jace y ella se habían apresurado para ir al hospital, sólo para que la enfermera del mostrador principal les dijese: «Me temo que a la señora Mercer no le están permitidas las visitas».

—¿Ni siquiera un minuto? —suplicó Jace—. Es muy importante. Tasha es nieta de la señora Mercer. Están muy unidas.

A Tasha le costó ocultar su sorpresa, pero no sirvió de nada.

—Lo siento mucho, querida —dijo la enfermera, con voz simpática pero firme—. Tu abuela está muy enferma. Está en coma. El doctor ha dado órdenes estrictas, nada de visitas. ¿Por qué no llamáis después, esta tarde? Tal vez haya algún cambio.

Coma. La palabra retumbó en la cabeza de Tasha. La señora Mercer era mayor. Si estaba en coma, cabía la posibilidad de que no pudiese salir de aquel estado. En tal caso, todo lo que sabía, todo lo que le había hecho mentir acerca de lo ocurrido aquella noche de hacía cinco años, permanecería en secreto para siempre.

Tasha estaba mirando por la ventanilla, y vio a Jace aproximándose.

—Aquí estoy —dijo en tono despreocupado. Aunque Tasha sabía que no estaba tan animado como pretendía. Se esforzaba por estar de buen humor por el bien de ella—. Dos cafés con leche y un *croissant* relleno de almendra. ¿Estás segura de que no quieres comer nada?

—Segura —dijo Tasha. Le cogió los dos vasos para que

él pudiera acomodarse detrás del volante. Destaparon sus cafés y se quedaron sentados en silencio durante un rato.

—Bueno —dijo Jace después de unos cuantos bocados a su *croissant*—. ¿Qué es lo siguiente? Sabes, yo estaba pensando que quizá podríamos ir llamando a las puertas en el vecindario de la señora Mercer, y ver si nos tropezamos con alguien más que recuerde haber visto algo.

—Yo también lo he pensado.

—No pareces muy entusiasmada. ¿Quieres intentar otra cosa? ¿Quieres ir a la policía? Podríamos contarles lo que le pasó a la señora Mercer, y lo que dijo la señora Zadoor.

—¿Te refieres a que la señora Mercer fue empujada escaleras abajo por un hombre con un pájaro en la cara?

—Eso es lo que pasó, ¿no?

—Tal vez —asintió Tasha—, pero vamos, Jace, suena bastante extraño, ¿no? ¿Un tipo con pelo amarillo y un pájaro en la cara? Además, ¿cómo sabemos que el hombre que la empujó tenía algo que ver con mi madre? Tal vez la empujó por otro motivo. Tal vez hay algún asunto raro en el ámbito de los que se dedican a los pájaros y la señora Mercer se ha visto envuelta en ello.

Jace la miró con ironía.

—¿No crees que eso suena extraño?

Tasha suspiró. Se le habían agotado las ideas. Bebió el café que le quedaba en la taza y volvió a poner la tapa en su sitio.

—De acuerdo —dijo al fin—. A la comisaría. Quizá me dejen ver a mi padre.

—Y vas a contarles lo de la señora Mercer y el hombre Pájaro, ¿correcto? Puede que no pase nada. Y nunca se sabe, Tash. Podría ayudar.

Tasha suspiró.

—Claro —dijo—. ¿Por qué no?

¿Por qué no? ¿Por qué no contarle a la policía lo de la señora Mercer y el hombre pájaro? Bueno, ¿porque pensarían que estaba loca? «Mire, oficial, hay que reconocer que esa anciana chiflada con todo un historial viendo actividades sospechosas donde no las hay, vio a un hombre con el pelo tan amarillo como una flor de ranúnculo y una garza sobre su cara...» *Seguro* que lo creerían, más o menos como cuando admitieron que la Tierra había sido invadida por hombrecillos verdes de Marte. Lo más probable es que pensaran que era una pesada, una niñita jugando a ser mayor. O, peor aún, que estaba obstruyendo los trabajos de la justicia.

—A ver si lo entiendo —dijo el detective Pirelli cuando Tasha terminó de relatar su historia—. Una vieja tragasables te dijo que una vecina suya dio un traspiés por un tramo de las escaleras, ¿y tú piensas que eso tiene algo que ver con que tu padre esté en la cárcel? ¿Es eso lo que estás tratando de decirnos? —la irritación en su voz era tan punzante como una aguja. Sacudió la cabeza y se quedó mirando a la detective Marchand, sentada al otro lado de su escritorio.

Tasha tenía las mejillas encendidas, en parte porque la historia resultaba inverosímil cuando la veía reflejada en los ojos del detective Pirelli y, por otra parte, porque el volumen de su voz era tan alto que media docena de personas de la brigada se dieron la vuelta para mirarla.

—La señora Zadoor dice que lo vio todo —repitió Tasha—. Dice que el hombre era alto...

—La señora Zadoor mide una miseria —dijo la detective Marchand con tono comprensivo—. Para ella, cualquiera que mida más es alto.

Tasha frunció el ceño. ¿Cómo es que la detective Marchand conocía la altura de la señora Zadoor? Ahora que lo pensaba, ¿cómo es que el detective Pirelli sabía que la señora Zadoor era una tragasables jubilada? Tasha no lo había mencionado. Temía que esos hechos sólo conseguirían que su historia pareciese todavía más inverosímil.

—Ustedes ya han hablado con la señora Zadoor, ¿no es así? —dijo, más desanimada que nunca. Habían hablado con ella y no habían dado crédito a sus palabras, se dijo a sí misma.

—No creo que haya ni un solo oficial en este departamento que no haya hablado con ella alguna vez —informó el detective Pirelli—. Esa mujer es un incordio. Uno de estos días vamos a citarla aquí para que nos haga un falso informe.

—Nos lo contaron los chicos de la ambulancia —explicó la detective Marchand. Su tono era más amable, menos exasperado—. Lo hemos tenido en cuenta por lo que la señora Zadoor les contó y por la localización, justo enfrente de donde estaba el Café Fireside. Pero si te digo la verdad, Tasha, la señora Zadoor no tiene mucha credibilidad. Por aquí todos conocen sus cuentos. Y no parece que nadie más haya visto algo.

—Pero a la señora Mercer la empujaron —insistió Tasha.

—Cayó o la empujaron, ¿quién sabe? —dijo el detective Pirelli—. De cualquier modo, no hay nada que relacione este incidente con tu padre.

—Pero la señora Mercer me *mintió* —siguió Tasha—. Dijo que no había visto nada aquella noche, pero sí que lo vio.

—Ella no te dijo eso, Tasha —dijo la detective Marchand.

—Pero yo *sé* que estaba mintiendo. Usted no estuvo allí. Usted no vio lo nerviosa que se puso en cuanto le pregunté por aquella noche. También mintió con lo de su vista.

La detective Marchand clavó en ella sus ojos con manchas violetas.

—No podemos hacer nada hasta que no tengamos ocasión de hablar con la señora Mercer y averiguar lo que sucedió de verdad —dijo ella—. Pero te lo prometo, Tasha. En el momento en que despierte, iremos al hospital y hablaremos con la anciana. También le preguntaré qué es lo que vio aquella noche. ¿De acuerdo?

Tasha contempló el simpático rostro de la detective Marchand, después el del detective Pirelli, más duro y frío, y se dio cuenta de que aquello era todo lo que podía esperar.

—De acuerdo —dijo. Y después—: ¿Puedo ver a mi padre?

—Claro —respondió la detective Marchand—. Aunque, creo que está en prisión preventiva.

—¿Qué?

—Preventiva. Es donde se mete a la gente hasta que sus casos llegan a juicio. Está en la cárcel de Don. Espera aquí. Voy a arreglarlo y te llevo allá.

Leonard Scanlan estaba más canoso y demacrado. La ropa que llevaba —pantalones vaqueros y una camisa azul pálido, ninguna de las dos prendas eran suyas— le colgaban como un saco tendido sobre un espárrago. Las lágrimas inundaron los ojos de Tasha cuando le miró a través del grueso cristal. Agachó la cabeza para limpiárselas, para que no viera que estaba llorando. Después buscó a tientas el auricular para poder hablar con él.

—Estoy bien —insistió él. A Tasha le apenó ver la mirada lamentablemente forzada en sus ojos—. Eres tú quien me preocupa. ¿Qué tal te llevas con tía Cynthia?

—Bien, supongo.

—Espero no quedarme mucho tiempo más —dijo él, sonriendo con valentía—. Mañana tengo una vista oral. Parece que el señor Brubaker cree que tengo una posibilidad de salir bajo fianza. Irá a verte esta tarde. Quiere que tú estés en la vista. Le dije que no creía que fuese una buena idea; además, tú tienes que ir a clase. Pero quiere que estés allí. Él... —su padre dejó caer la cabeza, como avergonzado—. Él cree que las cosas podrían ir mejor si el juez ve que soy un hombre de familia, y que mi hija está allí apoyándome.

De nuevo a Tasha se le saltaron las lágrimas. Deseó acercarse a través del cristal y abrazar a su padre, así podría estar seguro de que ella le quería.

—Claro que te apoyo, papá. Sé que tú no lo hiciste, y haré cualquier cosa para ayudarte. Cualquier cosa —puso su mano contra el cristal. Su padre la miró, con los ojos húmedos por las lágrimas, y, también él, levantó una mano y la apretó contra el otro lado del cristal.

A Tasha le temblaba la voz cuando dijo:

—¿Papá? ¿Puedo preguntarte algo?

Su padre asintió con indiferencia.

—Aquella noche —Tasha odiaba tener que preguntarlo. Al formular las palabras sintió como si le estuviese traicionando—. Aquella noche, después de que tú y mamá tuvieseis una fuerte discusión, tú te marchaste, ¿adónde fuiste?

Su padre apartó su mirada de la suya. Se quedó mirando al suelo durante tanto tiempo, que parecía imposible. Cuando volvió a levantar la vista, sus ojos la rehuyeron.

—Yo... necesitaba aire —dijo—. Necesitaba pensar.

—Pero había tormenta, papá. Y me dejaste en casa completamente sola.

—Lo sé —dijo con voz angustiada—. Lo sé, Tasha, y lo siento. Yo... no pensaba con claridad. Amaba a tu madre. Decidí que era mejor que ella me dejara. Tenía que salir fuera de la casa. Tenía que pensar.

Entonces, ella preguntó casi con un susurro:

—¿Adónde fuiste?

—A dar una vuelta en coche. Ni siquiera yo sé dónde fui. Sólo estuve dando vueltas y más vueltas, y después volví a casa.

No era la respuesta que ella había esperado. Era demasiado vaga. El fiscal diría que no tenía una auténtica coartada. Las respuestas evasivas de su padre tampoco inspiraban mucha confianza.

—¿Y las cartas?

—¿Cartas?

—Las cartas de mamá. ¿No crees que es curioso que estuviesen escritas a máquina? Mamá detestaba escribir a máquina. No lo hacía muy bien.

Su padre la miraba sin comprender. Su pasividad enfureció a Tasha.

—¿No se te ha ocurrido que quizá mamá no escribió esas cartas? ¿Qué quizá lo hizo otra persona?

Él sacudió la cabeza despacio, tan despacio que Tasha no estaba segura siquiera de si le estaba contestando a lo que ella le había dicho. Decidió que sería inútil hacerle la otra pregunta que tenía preparada: «¿Por qué destruiste las cartas? ¿Por qué no las conservaste como me dijiste?»

Su padre tuvo que marcharse demasiado pronto. Al ver cómo era conducido a través de la pesada puerta de metal, Tasha abandonó su esfuerzo por controlar las lágrimas.

—Si usted quisiera buscar a alguien casado —preguntó Tasha a la detective Marchand, cuando salieron de la prisión—, ¿cuál sería la mejor manera?

La detective Marchand la miró con detenimiento.

—¿Estás bien, Tasha?

«Oh, claro», quiso espetarle Tasha. «Mi madre está muerta, mi padre está en la cárcel, usted hace todo lo posible para que él permanezca allí... Estoy perfectamente, muchas gracias».

—Tengo días mejores —dijo, en su lugar—. Y no digamos ya, semanas mejores, y meses mejores —esbozó una sonrisa forzada, para que la detective Marchand decidiese contestar a su pregunta, y siguió—: Entonces, suponga que yo conocí a alguien y que ese alguien se casó y cambió su apellido, aunque yo no sepa cuál es. ¿Cómo podría buscarlo?

La detective Marchand abrió los ojos y Tasha se dio cuenta de que estaba preguntándose si aquella idea tenía algo que ver con el padre de Tasha. Aunque no lo preguntó. En cambio dijo:

—¿Tienes alguna idea de dónde se casó esa persona? ¿Aquí en la ciudad? ¿O al menos en esta provincia?

—Creo que fue aquí —dijo Tasha, aunque, ahora que lo pensaba, podría haber sido en cualquier parte.

—En ese caso, puedes ir al Registro Civil —dijo la detective—. Guardan toda la información sobre matrimonios, nacimientos y defunciones. Tal vez puedan ayudarte.

Tasha estaba sorprendida de que la detective no le exigiese más información. Mañana, cuando abriesen las oficinas públicas, vería qué podría averiguar.

X

—MAÑANA NUESTRO objetivo es intentar sacar a tu padre bajo fianza —dijo el señor Brubaker.

—¿Intentar? —repitió Tasha.

—Está acusado de asesinato. Aunque podría ser —admitió el abogado—. Pero merece la pena intentarlo. Vamos a trabajar juntos en esto. Mi trabajo será exponer que tu padre debería ser puesto en libertad mientras esté pendiente su juicio. *Tu* trabajo es hacer lo que puedas para darle al juez la seguridad de que tu padre es un hombre cariñoso y bondadoso, cuya familia cree en él al cien por cien, y que no constituye ningún riesgo para la sociedad. ¿Lo comprendes, Natasha?

Tasha hizo un gesto afirmativo al abogado de su padre, quien estaba instalado en el sofá con una taza del café de tía Cynthia sobre la mesa que tenía delante. Había entrado con paso firme en la casa, como si fuese un viejo amigo y, antes de que empezase a hablar de la vista oral de Leonard Scanlan, había dedicado unos minutos a asegurarle a Tasha que había muchas razones para ser optimista respecto al caso de su padre. Ella deseaba creerle desesperadamente, pero cuando le preguntó cómo pensaba rebatir los cargos hechos por la policía, él simplemente sonrió y dijo:

—Supongo que me dejarás que yo me ocupe de ello —y, antes de que Tasha pudiese seguir interrogándole, se volvió hacia tía Cynthia y dijo—: ¿Podría tomar otra taza de café? —cuando ella se lo trajo, empezó a hablar de lo que había que hacer al día siguiente—. Hay dos razones por las que es importante hacer todo lo que podamos para intentar sacar a tu padre en libertad hasta su juicio. Primero, para él significaría mucho estar en casa y llevar una vida lo más normal posible. La cárcel no es un lugar agradable para una persona, como puedes imaginarte. Y para serte sincero, creo que tu padre está pasándolo mal con eso.

—¿Qué quiere decir? —preguntó tía Cynthia.

El señor Brubaker la miró solemnemente antes de continuar, y después no contestó a su pregunta.

—Segundo, si tu padre estuviese en casa, eso ayudaría a su caso. Si podemos sacarle bajo fianza, eso le da al jurado, una vez que sea seleccionado, la idea de que no es peligroso, porque si lo «fuera», aún estaría encerrado. Por otra parte, si no podemos sacarle bajo fianza, bueno, huelga decir que al jurado le causaría una impresión completamente distinta. Así que es muy importante, Tasha, que mires directamente a tu padre durante el juicio de mañana. Mírale como si le creyeras...

—Claro que le creo —dijo Tasha con brusquedad. El señor Brubaker debía ser un buen abogado, como había dicho su padre, aunque Tasha no estaba segura de que a ella le gustara. Ni tampoco estaba segura de que él creyera en su padre. Incluso tía Cynthia parecía desconcertada por su actitud tan astuta.

El señor Brubaker sonrió.

—Ésta es mi chica —dijo—. Ésa es exactamente la actitud que yo quería ver. Por supuesto que crees a tu padre. Es inocente. ¿Por qué no ibas a creerle? Eso es importante, Tasha. Si el juez ve que no tienes ninguna duda en tu mente, que apoyas a tu padre, puede ser de gran ayuda. Entonces, ahora hablemos sobre la ropa.

—¿Ropa? —Tasha no estaba segura de haber entendido.

—Las ropas hacen al hombre —dijo el señor Brubaker—. O, en este caso, a la jovencita. Tú deseas que mañana tus ropas le digan al juez: «Soy de fiar, responsable, un miembro valioso de esta sociedad. Soy alguien que ha sido bien educada por un padre bondadoso y cariñoso. Soy alguien cuya opinión debería inspirarle confianza, y opino que mi padre es inocente».

—En tal caso, quizá debería llevar una camiseta con mensaje —dijo irónicamente tía Cynthia—. ¿Qué tal «Deje salir a mi papá»?

El señor Brubaker se quedó petrificado y le dirigió una mirada condescendiente.

—No creo que eso sea precisamente constructivo, señora... —consultó un bloc en el que había anotadas varias páginas—, señora Jarvis. Debería usted dar un ejemplo positivo a Natasha. De modo que igualmente espero que demuestre usted mañana que le apoya también. Así que ahora —se volvió hacia Tasha— quiero verte con un vestido. ¿Tendrás alguno, verdad?

—Tengo un par.

—Algo sencillo —dijo el señor Brubaker—. Conservador. No quiero ver algo demasiado corto, o grandes escotes. Son mejores los colores oscuros. Con medias y zapatos apropiados.

—Va a parecer que va a un funeral —dijo tía Cynthia.

—Eso es precisamente lo que estoy tratando de evitar, señora Jarvis —el señor Brubaker metió el bloc en su cartera de cuero, la cerró y se levantó.

—El juicio es mañana a las diez en punto. Calcula llegar unos diez minutos antes. Y no te preocupes, Tasha. Haremos todo lo que podamos para tener a tu padre contigo mañana por la noche.

Tasha observó cómo conducían a su padre a la sala de juicios, y pensó que aquello sería lo más duro que tendría que hacer ese día. Parecía más bajo de lo que recordaba. Con los hombros caídos y la cara pálida, incluso parecía mayor. ¿Habría algo más difícil, se preguntó, que verle tan abatido y no ser capaz de levantarse de golpe y salir corriendo hacia él y abrazarle? Podría haberlo hecho de todos modos, a no ser porque el señor Brubaker se dio la vuelta y le dirigió una mirada de advertencia, y después tía Cynthia le tocó el brazo suavemente, lo suficiente para hacerle recordar la gravedad de la situación. Bajo ninguna circunstancia debía hacer nada que perjudicase las posibilidades de su padre.

Siguió al pie de la letra las instrucciones del señor Brubaker. Ni una sola vez apartó los ojos de él. Apreció un brillo de esperanza en su rostro cuando Denny Durant dijo que estaba dispuesto a poner el dinero para sacarle, que Leonard Scanlan era un respetable hombre de negocios y era ridículo pensar que pudiese huir del país. Se dio cuenta de lo esperanzado que estaba cuando, bajo el interrogatorio del fiscal, Denny tuvo que admitir que los restaurantes Lenny y Denny se vieron afectados por la prolongada recesión, que él y Lenny tuvieron que hipotecar dos de los locales y que, sí, que suponía que un hombre que arrastraba una elevada deuda tenía menos razones para permanecer en la ciudad que uno que llevara un negocio floreciente. Vio desvanecerse esa esperanza cuando un hombre, un contable, al que nunca había visto, dijo que Leonard le había contado hacía unos meses que estaba pensando en tirar la toalla y dejar el negocio de los restaurantes. Para terminar, cuando un cocinero del Denny y Lenny de la zona oeste dijo que Leonard Scanlan tenía un temperamento explosivo y le había amenazado físcamente en más de una ocasión, la desesperación inundó su rostro y Tasha tuvo que mirar a otro lado.

La fiscal siguió hablando extensamente sobre el caso contra Leonard Scanlan. Argumentó que era un hombre peligroso que había asesinado brutalmente a su mujer y cuyo crimen había pasado inadvertido durante años, gracias a su doble naturaleza y a su aguzada mente criminal. Sus dificultades financieras suponían razones más que importantes para fugarse mientras estuviera en libertad bajo fianza. Por lo tanto, hasta el momento del juicio debía permanecer entre rejas. Cuando terminó la fiscal, se levantó el señor Brubaker. Se dio la vuelta y sonrió a Tasha antes de comenzar la exposición. Leonard Scanlan no era un hombre peligroso, dijo. Claro que podía tener mucho genio, pero antes de ser arrestado nunca había tenido un tropiezo con la ley. Y en cuanto a la posibilidad de su fuga, bueno, él estaba convencido de que eso no ocurriría.

—El señor Scanlan es un respetable miembro de la comunidad. Tiene un negocio que atender. Sí, ha pasado apuros. Pero no es el único hombre de negocios que se ha visto afectado por una época de dificultades económicas. De hecho, meterle en la cárcel es impedirle velar por los intereses de su negocio. Además, está el tema de la hija del señor Scanlan, Señoría —se volvió de nuevo hacia Tasha—. Su madre ha sido asesinada. La pobre niña está traumatizada. Necesita a su padre. Necesita sentir que su vida se normaliza para capear el temporal. Encerrar a su padre perjudicará a esta chica. Perjudicará al señor Scanlan. Y no impedirá que la justicia siga adelante.

El señor Brubaker siguió hablando de los buenos antecedentes de Leonard Scanlan, volvió a interrogar al cocinero que le había llamado violento, y llamó a otros empleados para testificar sobre su carácter. Mientras, Tasha contemplaba el rostro sombrío de su padre. Cuando el señor Brubaker se sentó, el silencio se apoderó de la sala.

Tasha se sentó erguida, mirando a su padre tal como le habían indicado, aunque de vez en cuando miraba al juez de soslayo. Sus deliberaciones le parecieron una eternidad. ¿Qué estaría pensando aquel juez de gesto severo? ¿Se dejaría influir más por los argumentos de la fiscal o accedería a los razonamientos del señor Brubaker?

Por fin el juez levantó la vista. Tasha fijó los ojos en su padre, que había inclinado la cabeza y estaba mirando al suelo y pensando..., bueno, sólo podía imaginarse lo que estaba pensando. Ella sabía qué absurdos pensamientos se habrían cruzado por su mente si hubiera estado en su lugar. El señor Brubaker se enderezó en la silla. Tía Cynthia posó su mano sobre el brazo de Tasha.

—La sala se muestra favorable a la argumentación del señor Brubaker —comenzó a decir el juez—, especialmente en relación a las circunstancias de la hija del acusado... —se detuvo un momento para mirar a Tasha— y reconoce que la normalidad sería indudablemente lo mejor para sus intereses.

Tasha contuvo la respiración. Por el momento, bien, pensó. Sonaba como si hubiese encontrado más convincente la argumentación del señor Brubaker que la de la fiscal. Su padre no era un loco asesino. Era un *chef,* un buen hombre que nunca había cometido un error en toda su vida. Tenían que dejarle en libertad hasta el juicio. Posiblemente no iban a tratarle como un asesino psicópata que debía permanecer encerrado por el bien de la sociedad.

—No obstante... —siguió el juez.

No obstante, ésas eran palabras que indicaban la frustración de la esperanza. A Tasha se le cayó el alma a los pies. Vio combarse la espalda de su padre. Pareció envejecer ante sus ojos. Mirándole, apenas pudo concentrarse en lo que estaba diciendo el juez. Las frases chocaban unas contra otras, como cristal en un calidoscopio: brutal naturaleza del crimen, temperamento violento, resolución del caso por la sala, riesgo de fuga. El panorama que dibujaron llenó a Tasha de desesperanza. Escuchó al juez fijar una fecha para el juicio. Retumbó como si lo hubiera gritado desde el borde de un abismo sin fondo. Tasha se quedó mirando a su padre, quien se desplomó en su silla como si hubiese caído inconsciente. Le dolía el corazón por él. Iba a ir a su encuentro, pero tía Cynthia la retuvo.

—Estará bien —le susurró—. No te precipites, Tasha. Antes de que Tasha tuviese ocasión de decirle algo, el señor Brubaker y uno de los funcionarios de la sala ayudaron a su padre a que se pusiera en pie, y lo sacaron de la sala, de vuelta a la cárcel.

Tasha levantó lo suficiente la cabeza de su almohada para reconocer la voz de Jace y comprender que estaba hablando con tía Cynthia.

—Pero le prometí pasar a recogerla —estaba diciendo él—. Pienso que querrá verme.

—Ya te lo he dicho, Tasha está durmiendo —dijo tía Cynthia con firmeza.

Por una vez, su duro tono no irritó a Tasha. Se alegraba de que tía Cynthia estuviese ahí afuera guardando la puerta como un *dobermann* bien entrenado. No quería ver ni hablar con nadie, ni siquiera con Jace. ¿Qué sentido tenía? Todo el mundo pensaba que su padre era culpable. Incluso el juez le consideraba demasiado peligroso para andar suelto. ¿Qué demonios pasaba con lo de «inocente hasta que se demuestre lo contrario»?, se preguntó. En lo que concernía a todo el mundo, su padre ya estaba condenado y convicto. ¿Quién era ella, una persona —una niña, además— para hacerles cambiar de opinión?

—Mire, le prometí a Tasha pasar a recogerla y llevarla al centro —Jace lo intentó de nuevo. Ahora su tono era más severo—. Cuando hago una promesa, especialmente a Tasha, la cumplo, ¿de acuerdo?

—Mira, jovencito...

Ahora sonaba como si estuvieran justo al otro lado de la puerta de Tasha. Ella se sentó, frotándose los ojos para quitarse las lágrimas y el sueño, en el momento en que alguien empezó a aporrear la puerta. Después escuchó un golpazo, como si alguien se hubiese estrellado contra ella. Tasha saltó de la cama y corrió hacia la puerta para abrirla. Jace se cayó hacia delante. Tasha le agarró. Tía Cynthia, con la mirada asustada, se venció también hacia delante.

—¿Estás bien? —preguntó Tasha.

Jace miró a Tasha mientras se incorporaba.

—No pensaba entrar así de sopetón —dijo—, y si no quieres que esté aquí, dímelo y me voy.

—Creía que estabas durmiendo —dijo tía Cynthia—. Pensaba que no querías que te molestaran.

—Está bien —Tasha no había estado durmiendo, estaba llorando. Se sentía tan sola, como si nadie en el mundo se ocupase de ella, y ahora estaban allí aquellas dos personas, mirándola, tratando de evaluar su estado de ánimo, preocupándose obviamente por todo el asunto. Eso la reconfortaba un poco.

—Se me ha olvidado decirte que Jace iba a venir. Necesito unos minutos para arreglarme, Jace. Tal vez, si se lo pides amablemente, tía Cynthia te dé alguna de sus pastas de chocolate blanco y nueces de macadamia. Sabes, es una cocinera fabulosa —sonrió y su tía pareció relajarse.

—Por aquí, Jason —dijo ella, y ambos se dirigieron a la cocina mientras Tasha volvió a entrar en su habitación para cambiarse el vestido azul marino que aún llevaba.

Una vez que estuvieron en el coche, Jace dijo:

—Tu tía me ha contado lo que ha pasado. Siento que haya acabado de esta manera. De verdad que creía que iban a sacarle bajo fianza. Todos lo creíamos.

—¿Creíamos?

—Mis padres y yo. Los chicos de la escuela. La gente.

Tasha sacudió la cabeza despacio.

—¿Quieres decir que hay gente en la escuela que cree que mi padre es inocente?

Jace pareció sorprenderse.

—Claro —dijo—. Hay alguno que piensa que lo hizo, pero esos son idiotas. Creen que sólo porque detengan a una persona, ya es culpable. No se imaginan que hay que enterarse de todos los hechos del caso antes de decidir. Para eso son los juicios, ¿correcto?

—Correcto —asintió Tasha. Todavía estaba digiriendo el hecho de que había gente que creía que su padre no tenía que estar entre rejas.

—Cuento nueve personas detrás del mostrador, y sólo hay una ventanilla abierta —murmuró Jace en la oficina abarrotada de gente del Registro Civil.

Tuvieron que guardar cola cerca de una hora sólo para informarse de cómo obtener los datos que realmente necesitaban. Cuando por fin alcanzaron la cabeza de la cola y Tasha explicó lo que estaba buscando, la mujer de detrás del mostrador dijo:

—No puedo ayudarte —después miró por encima del hombro de la chica a la siguiente persona y ordenó—: ¡Siguiente!

Tasha no se movió.

—¿Qué quiere decir con que no puede ayudarme?

—Quiero decir que esa información es confidencial —respondió impaciente la mujer—. Si quieres podemos realizar una búsqueda para ver si tenemos la información. Pero sólo te diremos si tenemos una ficha del matrimonio de esa persona. Cualquier información concreta sobre la propia persona es confidencial. No podemos dársela más que a la persona a la que concierne.

—Eso no tiene ningún sentido —dijo Jace—. ¿Para qué querría alguien averiguar quién es su propio marido?

La mujer de detrás del mostrador lanzó una mirada fulminante a Jace.

—Hay leyes que salvaguardan la privacidad de las personas —explicó.

—Pero yo pensaba que los matrimonios se registraban públicamente —replicó Jace.

—Bueno —le dijo la mujer con brusquedad—, pues te equivocas.

Aquello era una locura.

—Tiene que haber una manera para encontrar a alguien que ha cambiado su apellido.

—Si ha cambiado su apellido oficialmente —dijo despacio la mujer—, debe estar registrado.

«¡Ajá!», pensó Tasha.

—Cuando alguien se casa y toma el apellido de su marido, eso es un cambio oficial de nombre, ¿no?

—Podría ser —dijo la mujer—. Si lo hicieron oficialmente. Mucha gente no lo hace. Muchas sólo adoptan el apellido de su marido. En tal caso no hay registro.

—Entonces, consultar los registros de cambio de apellidos, no nos ayudaría, ¿es eso lo que está diciendo?

La mujer asintió con la cabeza.

Jace parecía totalmente exasperado.

—Eso es ridículo...

Tasha tiró de él apartándole del mostrador.

—Tal vez haya otra manera —propuso ella.

—¿Como cuál?

Tasha se encogió de hombros.

—¿La biblioteca pública? —miró su reloj—. Todavía podemos hacerlo si nos damos prisa.

La bibliotecaria era más amable que la empleada de la oficina del Registro Civil, aunque no de mucha más ayuda.

—¿Sabes cuándo se casó exactamente esa persona? —preguntó. Tasha sacudió la cabeza.

—Hace tres o cuatro años —dijo, y añadió después—: creo.

—¿Conoces a alguien que asistiese a la boda? Tal vez te pudieran ayudar.

—No. Yo pensaba —dijo Tasha— que tiene que haber un

modo para que podamos hacer una búsqueda en conexión con la red de periódicos. Pensaba que si había un comunicado oficial de su boda...

—Me temo que eso no funcionaría —dijo la bibliotecaria—. Los periódicos introducen un montón de información en la red, pero ni mucho menos toda: hay nacimientos, defunciones, matrimonios, anuncios, que no aparecen. Además, la mayoría de los diarios llevan comunicados oficiales de nacimientos y defunciones, pero los compromisos y matrimonios se encuentran por lo general en los semanarios locales. Son bastante pequeños y probablemente no tienen nada introducido en la red.

Tasha se quejó:

—¿Está diciendo que no hay forma de localizar la información que estoy buscando?

—No de forma rápida —respondió la bibliotecaria—. Puedes intentarlo mirando nuestros periódicos en microfilm. Te llevará algo de tiempo, pero si se produjo alguna noticia del compromiso o anuncio oficial del enlace, lo más probable es que la encuentres.

Tasha echó una mirada a Jace, quien levantó los hombros.

—De acuerdo —le dijo Tasha a la bibliotecaria—. ¿Cómo lo hacemos?

—Bueno, volved mañana...

—¿Mañana?

—Cerramos dentro de diez minutos —la bibliotecaria sonrió, disculpándose—. Pero si vuelves mañana, alguien te mostrará encantado cómo manejar el microfilm.

—Bueno —dijo Jace cuando salieron de la biblioteca—. Creo que ya sé lo que vamos a hacer mañana.

—¿Y la escuela?

Jace se encogió de hombros.

—¿A ti que te parece?

A la mañana siguiente estaban a la puerta de la biblioteca antes de que abrieran. Una bibliotecaria les explicó dónde localizar el microfilm; otra les enseñó a cargar la máquina y leer los rollos.

—¿Nos dará mucho trabajo? —dijo Jace.

Tasha miró con cierta reserva el rollo que estaba cargando en el lector de microfilm.

—No lo sé. Seguro que tienen un montón de información sobre esas cosas. E incluso si se casó con alguien de los alrededores, habrá que mirar un montón de semanarios. Podría acabar siendo mucho más complicado de lo que parece.

Jace se rió.

—Vamos a buscar una información bastante simple —dijo—. ¿Cuánto tiempo nos podría llevar?

De hecho les llevó horas. Y además no fue Tasha quien lo encontró. Fue Jace.

—¡Eureka! —dijo, tan alto que algunas de las personas de la sala se le quedaron mirando—. Mira —le susurró a Tasha—. Mira esto.

Ella se levantó y echó un vistazo a la pantalla por encima de su hombro. Allí en medio de una página de fotos de bodas y reseñas de compromisos, había unas pocas líneas que le daban el nombre que necesitaba: Herbert Frederick Marcuse. Lucille Horstbueller se había casado con Herbert Marcuse, quien, cuando apareció la noticia en el periódico, vivía en North York.

—No supondrás que todavía vive allí, ¿no? —preguntó Jace.

Tasha se estaba preguntando lo mismo. Echó una ojeada a su alrededor, descubrió una cabina de teléfonos cerca de la salida de la biblioteca, y se dirigió derecha a ella. Jace trotó detrás.

Mara... Marborough... Marchant... Marcus... Marcuse, A... Marcuse, C... Marcuse, George...

—¡Aquí está! —dijo Tasha—. Herbert Frederick Marcuse. 1913 Hyacinth Crescent.

Jace estaba tan nervioso como ella.

—¿A qué estamos esperando?

XI

TASHA, SENTADA en el coche de Jace y con un plano abierto sobre el regazo, contemplaba una casa de piedra de dos plantas al otro lado de la calle, situada en medio de un jardín muy cuidado. Había un 1913 de latón junto a la amplia puerta azul.

—¡Ahí está! —dijo Tasha. Después de todo había sido sorprendentemente fácil localizar a Herbert Marcuse.

—Sí. Ahí está —Jace se dispuso a salir del coche.

—Espera —gritó Tasha—. ¿Adónde vas?

—Voy a hablar con la hija de Evart Horstbueller —dijo Jace y la miró frunciendo el ceño—. ¿Algo va mal, Tasha? Creía que se trataba de averiguar si Lucille Horstbueller sabía algo sobre lo que sucedió aquella noche.

—Sí —dijo Tasha—, pero...

—Pero ¿qué?

—Na... nada, supongo.

Nada y todo. Ahí, justo delante de ella, estaba la casa de Herbert Marcuse. Marcuse se había casado con Lucille Horstbueller. Era posible —remotamente posible, ahora lo comprobaría— que Evart Horstbueller hubiera estado en el Café Fireside aquella noche, y que hubiera visto llegar a Catherine Scanlan. Él sabría si estaba o no estaba sola. Si estuvo con alguien, él debía saber de quién se trataba, y le habría comentado algo de ello a su hija Lucille cuando ella le recogió para ir a casa.

Hasta ese preciso momento, Tasha había cifrado todas sus

esperanzas en encontrar a Lucille Horstbueller y descubrir qué le había contado su padre, si es que había algo. Ahora que estaba a punto de descubrirlo, se sintió como un jugador de póquer apostando fuerte. Todo su futuro dependía de lo que ocurriese a partir de aquel momento. Si sacaba la carta equivocada y perdía —si comprobaba que Lucille Horstbueller no sabía nada de lo que había sucedido aquella noche— era el final del juego. No le quedaba otra opción para ganar la libertad de su padre, salvo que la señora Mercer se recuperase de sus heridas y aceptase decir la verdad. Si las cartas estaban en su contra, ya no le quedaría a Tasha ninguna esperanza ni motivos para creer que podría probar la inocencia de su padre.

—Si quieres —dijo Jace dulcemente—, puedes quedarte aquí y yo voy a hablar con ella. No me importa.

El buenazo de Jace. Últimamente daba la impresión de que había poco que no estuviese dispuesto a hacer por ella. Pero Tasha se negó a que él se hiciera cargo de aquella tarea especial. Quisiera o no, era algo que tenía que hacer ella misma.

—No, no te preocupes —dijo—, estaré bien —tomó aire y empujó la puerta del coche para abrirla. Le temblaban las piernas cuando se puso en pie. Se quedó parada, contemplando la casa durante unos instantes; después se dio la vuelta y se agachó para asomarse dentro del coche—. Aunque no me vendría mal un pequeño apoyo moral —dijo con una sonrisa lánguida.

Jace salió del coche y se puso a su lado en un santiamén. Caminaron juntos por el sendero empedrado y subieron los escalones de piedra hacia la puerta principal. Tasha se esforzaba por respirar despacio y regularmente para tranquilizarse: inspirar, dos, tres, cuatro; espirar, dos, tres, cuatro. Apretó el timbre y esperó.

Ninguna respuesta.

Echó una mirada a Jace, quien se encogió de hombros, y volvió a apretar el botón.

Pasaron segundos.

Tasha estaba a punto de dar media vuelta cuando una cara apareció fugazmente por la ventanilla. La puerta se abrió.

—Bueno, ya era hora —dijo una mujer a la que Tasha reconoció de inmediato. La señora Marcuse era una versión algo mayor de Lucille Horstbueller, y miró a Jace con evidente enfado.

—Lo primero que debe saber sobre mí, señor Simmons, es que mis lecciones siempre empiezan a la hora debida. Si la suya comienza a las cuatro y media, debería estar llamando al timbre a las cuatro y veinticinco. La segunda cosa que debe usted saber —y aquí se detuvo para fulminar a Tasha con la mirada— es que cuando venga a dar su lección, deje a su novia en casa. No obstante, ya que está hoy aquí, puede entrar y esperar en el vestíbulo mientras usted me muestra lo que puede hacer. Vamos, deprisa, no tengo todo el día. No es usted el único estudiante, sabe. En realidad, a no ser que pueda convencerme de que merece la pena trabajar con usted, no podrá ser alumno mío.

Se puso a un lado para dejar pasar a Tasha y a Jace, después guió a Jace a través del vestíbulo principal hacia una habitación soleada dominada por un gran piano. Mientras le metía prisa para entrar, Jace echó un vistazo a Tasha por encima del hombro y murmuró una sola palabra: «Socorro».

Tasha salió disparada detrás de él y alcanzó la entrada al cuarto justo cuando la señora Marcuse empezaba a cerrar la puerta. Ésta miró a Tasha con severidad.

—Creo haber dicho que esperaras en el vestíbulo.

—No estamos aquí por las lecciones de piano —dijo Tasha.

La señora Marcuse parecía desconcertada. Se volvió hacia Jace.

—¿No es usted Albert Simmons?

—Jace Bhupal —se presentó Jace.

—Si no está aquí por las lecciones, ¿qué es lo que quiere entonces?

—Para ser exactos —dijo Tasha—, esperábamos poder hablar con usted de un par de cuestiones sobre su padre.

—¿Mi padre? —repitió la señora Marcuse. Se quedó mirando fijamente a Tasha—. ¿Quién eres tú?

—Mi nombre es Natasha Scanlan —dijo Tasha—. Su padre trabajó en el Café Fireside cuando era propiedad de mis padres. Mi madre...

—¿Tasha? —la señora Marcuse la miraba como si tuviese delante un fantasma—. ¿La pequeña Tasha Scanlan?

Tasha hizo un gesto afirmativo.

—No sé si ha oído lo que le ha pasado a mi padre...

La señora Marcuse asintió solemnemente.

—¿Estás aquí por eso? —preguntó—. ¿Por tu padre?

—Sí. Verá..., nosotros... Yo tenía la esperanza de que tal vez usted podría saber algo sobre lo que ocurrió la noche en que desapareció mi madre.

—¿Yo? —la señora Marcuse estaba atónita—. ¿Qué podría saber yo?

—Me acuerdo de que usted solía ir a buscar a su padre cada noche después del trabajo. Pensaba que quizá él...

—Mi padre está muerto —dijo la señora Marcuse bruscamente, como si de alguna manera Tasha le estuviese echando la culpa por algo—. Murió hace cinco años.

—Sí, lo sé —dijo Tasha—. Y lo siento. Pero pensaba que a lo mejor podría haberle dicho algo a usted sobre lo que ocurrió aquella noche. Mi madre fue al Café. Allí es donde la encontraron.

—¿Estás diciendo que mi padre tuvo algo que ver con lo que le pasó a tu madre? —ahora la voz de la señora Marcuse era estridente. Se le puso la cara colorada.

—¡No! —dijo Tasha, avergonzada por el malentendido—. No, de ninguna manera. Tal vez si su padre observó algo, si vio a mi madre cuando llegó al Café, podría haberle contado algo a usted. Podría tener idea de quién quería matarla...

La mirada de la señora Marcuse se hizo más dura.

—No sé nada de eso. Por causa de tu madre... —se interrumpió de repente—. Por favor —dijo—. Estoy esperando a un estudiante de un momento a otro.

Tasha no podía marcharse. Alguien tenía que saber algo. Era imposible que nadie hubiese visto nada.

—Su padre apreciaba a mi madre —dijo—. Lo sé.

Los ojos de la señora Marcuse brillaban con lágrimas apenas contenidas.

—Por favor —suplicó Tasha—. Por favor, piense en ello sólo un minuto. Tal vez dijo algo, cualquier cosa que podría ayudar a probar que mi padre es inocente. Por favor, señora Marcuse. Si hubiera algo que la policía pudiese investigar...

—¿La policía? ¿Qué van a...? ¿Estás diciendo que la policía va a aparecer en mi puerta?

—Estamos seguros de que eso pasará antes o después —dijo Jace.

La señora Marcuse se volvió hacia él, furiosa.

—¿Qué quieres decir? ¿Me estás acusando de algo?

—No, en absoluto —contestó rápidamente Tasha—. Sólo quiere decir que si hubiera algo que usted recuerde, todo lo que pudiera interesar a la policía, que ayudara a mi padre...

—Lo siento —dijo la señora Marcuse. Su voz era fría—. Como ya he dicho, no sé nada. Ahora si me perdonáis... —cruzó el vestíbulo y abrió la puerta de la calle—. Me temo que voy a tener que pediros que os marchéis —cuando Tasha abrió la boca para seguir defendiendo su causa, la señora Marcuse añdió—: Ahora mismo, por favor, antes de que yo misma llame a la policía y tengan que acompañaros ellos fuera de mi propiedad.

Tasha salió tras Jace hacia el sendero empedrado de los Marcuse, meneando la cabeza con indignación y decepción al mismo tiempo. Se volvió a contemplar la casa de piedra mientras Jace le abría la puerta del coche. La señora Marcuse había entrado y, salvo el ligero revoloteo de las cortinas del cuarto de estar, la casa parecía en calma. Tasha estaba segura de que la señora Marcuse estaba tras ellos esperando a que se marchasen. Se dio la vuelta, entró en el coche y se abrochó el cinturón de seguridad. Cruzaron unas cuantas manzanas y entonces Jace se echó a un lado y paró el coche.

—¿Qué pasa? —preguntó Tasha—. ¿Por qué paramos?

—Por un *post mortem.*

—¿Un qué?

—Un *post mortem.* Ya sabes, un análisis de los hechos después del suceso. ¿Son imaginaciones mías, o Lucille Horstbueller, alias señora de Herbert Marcuse, se ha puesto excesivamente nerviosa cuando le has preguntado por su padre?

—Claro que sí. Aunque, en cierto modo, imagino que no se le puede culpar por ello —estaba siendo más generosa de lo que pensaba en el fondo. La verdad es que deseaba culpar de algo a la mujer—. Pero es cierto que se ha quedado de piedra cuando le has mencionado que la policía podría querer hablar con ella.

—Sí —contestó Jace—. Tal vez no ha sido muy inteligente decirlo.

Tasha se encogió de hombros, aún estaba reflexionando. Lucille Marcuse no sólo había estado poco servicial, había estado hostil. Incluso les había amenazado. Pero tenía que admitir que, en las mismas circunstancias, ella habría reaccionado del mismo modo.

—¿Qué habrías hecho tú si alguien a quien no has visto durante cinco años se presentase de repente en la puerta de tu casa y empezara a preguntarte sobre tu padre fallecido? Probablemente, también te pondrías un poco nervioso.

—Tal vez —Jace meditó un minuto—. Aunque dudo que yo la amenazara con llamar a la policía para que la echara de mi propiedad. Esa ha sido una reacción exagerada.

—Por lo que conocemos, la señora Marcuse es una persona exagerada.

—Es posible. ¿Recuerdas si era así cuando iba a recoger a su padre?

—No, la verdad es que no, aunque no la conocía demasiado bien. ¿Tienes alguna teoría?

—Quizá —dijo Jace—. A veces la gente se enfada cuando se les pilla mintiendo. Y, tal vez es cosa mía, pero ¿no le guardaba cierto rencor a tu madre, como si la culpase a ella de alguna manera de la muerte de su padre?

—¿Qué estás diciendo? ¿Que nos ha mentido? ¿Que Evart Horstbueller mató a mi madre?

Jace se encogió de hombros.

—Es posible, ¿no? Sólo porque una persona esté muerta, no quiere decir que no haya hecho nada horrible mientras vivía. Quiero decir que, si lo piensas, no hay ley que diga que un asesino no puede morirse antes de ser llevado ante la justicia.

—Cierto —admitió Tasha. No había tenido en cuenta esa posibilidad—. Pero supón que tienes razón. Supón que Evart Horstbueller es el asesino, o *era* el asesino; ¿por qué se enfurecería su hija cinco años después de su muerte?

Jace se encogió de hombros.

—¿Te acuerdas de lo que dijo Enrico Zapata, que tal vez la muerte de Evart Horstbueller no fue un accidente? Estaba insinuando el suicidio.

—¿Quieres decir que quizá Evart Horstbueller mató a mi madre y después se mató a sí mismo, por remordimientos?

—Es posible.

Tasha lo pensó.

—No sé —dijo por fin—. Además, no parece tener sentido que lo hiciese él. Él apreciaba a mi madre. Se llevaban muy bien.

—¿Así que crees que la señora Marcuse ha actuado de forma extraña sólo porque tú le has sacado los colores y has empezado a hacerle preguntas sobre su querido viejo padre ya desaparecido, y que eso no significa que tuviese algo contra tu madre?

—Yo no he dicho eso —Tasha suspiró. Las cosas se estaban complicando cada vez más, precisamente cuando lo que ella quería era lo contrario. Deseaba que los últimos minutos hubiesen transcurrido de modo diferente. Deseó que en lugar de ponerse primero furiosa y después hostil, Lucille Horstbueller Marcuse hubiese desvelado los secretos que habían permanecido ocultos durante cinco años: «Ahora que lo mencionas, Tasha, mi padre me contó que tu madre había ido al restaurante la noche de la gran tormenta. No, no estaba sola, estaba con alguien. Un hombre, me dijo mi padre. Un hombre bastante desagradable. ¿Su nombre? Déjame pensar un minuto. Sí, mi padre dijo que le conocía. Cuando se lo pregunté, dijo que su nombre era...»

—Bueno, bueno, bueno —murmuró de pronto Jace—. Mira eso.

Tasha se giró justo a tiempo de ver un descapotable de color verde hierba pasar a toda velocidad. Al volante iba Lucille Marcuse. En lugar de frenar ante la señal de *stop*, sólo disminuyó un poco la velocidad y después cruzó rápidamente la intersección.

—Parece que tiene mucha prisa —comentó Tasha.

Jace puso el intermitente y desaparcó.

—Demasiada prisa para alguien que estaba esperando a un estudiante de piano que iba a aparecer en cualquier momento —dijo—. Supónte que investigamos adónde va.

—Eso es exactamente lo que yo estaba pensando —Tasha se puso el cinturón de seguridad—. Está torciendo a la izquierda. Gira a la izquierda.

Cuando Jace llegó a la intersección, el semáforo se puso en rojo.

—¡Maldita sea! —dio un golpe al volante.

—Todavía puedo verla —dijo Tasha—. Allí delante. No hay mucho tráfico.

Pero para cuando el semáforo cambió y Jace se dispuso a girar, el descapotable verde se había desvanecido. Jace dio vueltas durante unos cuantos minutos, buscando el coche de la señora Marcuse sin éxito.

—Probablemente no era nada importante —dijo cuando por fin se dio por vencido.

—¿Lo crees de verdad?

Él se quedó mirando a Tasha durante un buen rato antes de contestar.

—¿Sinceramente?

—Sinceramente.

—Creo que la reacción de la señora Marcuse ha sido demasiado exagerada para no ser nada. Y cuando hemos llegado a su casa, ha quedado claro que estaba esperando a un alumno, pensaba que era yo. Pero antes de que ese alumno tuviese ocasión de presentarse, se ha metido en su coche y se ha alejado, conduciendo mucho más rápido de lo que cabe esperar de una profesora de piano. Yo creo que aquí está pasando algo, Tasha, algo que explicaría ese comportamiento tan curioso.

—¿Pero qué? —preguntó Tasha. No pretendía más que estar de acuerdo con Jace, y hubiese dado cualquier cosa por probar que el comportamiento de la señora Marcuse tenía algo que ver con la desaparición de su madre hacía cinco años. Si hubiese alguna forma de estar seguro de que la señora Marcuse estaba actuando de forma anormal... Tasha chasqueó los dedos—. Tenemos que volver a su casa —dijo.

—¿Para qué?

—Por favor, Jace, hazlo. Ahora mismo.

Jace se encogió de hombros, aunque giró el coche y volvió por el mismo camino de antes.

Mientras, Tasha se preguntó si realmente estarían metidos en algo o sólo se agarraban con desesperación a una esperanza. Echó un vistazo atrás para ver si aparecía el coche de la señora Marcuse dirigiéndose inocentemente a su casa.

—¡Hey! —dijo sorprendida.

—¿Hey qué?

Unos cuantos coches más atrás había un vehículo negro y por un momento Tasha creyó reconocer al conductor.

—¿No es ése el mismo coche que casi te embistió cerca de donde vive la señora Mercer? ¿Qué está haciendo aquí?

—¿Qué coche? —preguntó Jace.

Tasha volvió a mirar atrás, justo en el momento en que el coche negro giraba hacia la izquierda y desaparecía.

—Curioso —murmuró.

—¿Qué es curioso?

—Por un momento he pensado que nos estaban siguiendo.

Jace se encogió de hombros.

—Posiblemente sólo ha sido una coincidencia. Tal vez ni siquiera era el mismo coche.

—Tal vez —dijo Tasha. Sí. Debía de haber cientos de coches negros en la ciudad.

Cuando llegaron a la gran casa de piedra de Lucille Marcuse, Jace aparcó a mitad de camino de la manzana posterior.

—¿Ahora qué? —dijo.

—Ahora esperaremos.

—¿A qué?

Tasha no estaba segura.

—Tan sólo tenemos que descartar unas cuantas posibilidades. Eh, mira —señaló hacia la casa de los Marcuse. Un chico, aproximadamente de la edad de Jace, caminaba pesadamente por el sendero empedrado.

—¿Albert Simmons? —preguntó Jace.

—Apuesto a que sí.

Observaron cómo el chico llamaba al timbre, esperaba y llamaba de nuevo. Y otra vez. Después, bajó saltando los escalones y cruzó el césped para mirar a través del ventanal, aunque sin éxito aparente. Retomó el camino de vuelta y subió los escalones para llamar de nuevo al timbre. Por fin se dirigió hacia el sendero, volviéndose de vez en cuando para mirar hacia la casa. Parecía bastante perplejo.

—¿Nos podemos ir —preguntó Jace— o estamos esperando algo en particular?

—Sólo estamos esperando —dijo Tasha.

Pasó media hora, y apareció otra persona por el sendero empedrado, esta vez era una chica que aparentaba unos once o doce años. Hizo más o menos lo mismo que Albert Simmons había hecho, aunque cuando por fin dio media vuelta y se marchó dando saltos por el sendero hacia la acera, tenía una gran sonrisa en la cara.

—Obviamente, no le hace mucha ilusión su lección semanal de piano —comentó Jace.

Exactamente treinta minutos más tarde apareció otro niño, llamó al timbre, aporreó la puerta, llamó al timbre de nuevo y se marchó.

—Parece que la señora Marcuse se toma muy en serio su trabajo —dijo Tasha—. Es alguien muy exigente con sus pupilos. Ya has oído lo que ha dicho, que esperaba que llegasen cinco minutos antes de sus lecciones.

—Ella tendría que poner en práctica lo que predica —dijo Jace.

—Exactamente. Se ha largado por algo que hemos dicho. Apostaría por ello.

—¿Pero adónde ha ido? —preguntó Jace.

—Quizá a prevenir a alguien.

—¿A quién? ¿Y por qué no le ha telefoneado? Eso sería más fácil que largarse como alma que lleva el diablo. No lo entiendo.

—Ni yo —tuvo que admitir Tasha—. Pero ella es la única pista que tenemos.

—¿Nos marchamos? —preguntó Jace—. ¿O vamos a esperar un poco más?

—Esperaremos —dijo Tasha—. Tal vez haya ido a buscar a la persona con la que tiene que hablar. Tal vez lo traiga, o la traiga, aquí.

—Sería una suerte. Quizá ha hecho una llamada después

de irnos nosotros. Quizá ha habido algun accidente. Quizá su marido esté herido o alguna cosa...

Otra chica cruzó el sendero y llamó al timbre. Mientras esperaba, un coche entró por el camino al garaje de los Marcuse y salió de él un hombre con un abrigo negro. Hizo señas a la chica, que le dijo algo. El hombre frunció el ceño. Sacó una llave de su bolsillo y la introdujo en la cerradura.

—Ese debe de ser el señor Marcuse —dijo Jace

El señor Marcuse abrió la puerta y entró. Un instante después estaba de nuevo en las escaleras, aparentemente sorprendido, mientras hablaba con la chica y miraba un trozo de papel en su mano. La chica sacudió la cabeza. Intercambiaron unas cuantas palabras más, y entonces la chica dio media vuelta y se encaminó escaleras abajo hacia el sendero. El señor Marcuse fue hacia el camino del garaje y abrió la puerta del mismo. Aún se mostró más confundido cuando observó que estaba vacío.

—Vamos —dijo Tasha.

—¿Ir?

—Ya es hora de que seas Albert Simmons. Un Albert Simmons muy indignado.

Jace estaba totalmente desconcertado.

—No lo entiendo.

—Vamos —dijo Tasha—. Te lo explicaré.

—¿No está la señora Marcuse? —preguntó Jace al señor Marcuse. Tasha estaba impresionada por lo irritado que parecía—. ¿Pero cómo es que no está aquí? Tenía una cita con ella para hablar de las lecciones. Habíamos quedado en eso. Insistió mucho en que llegara cinco minutos antes.

—Sí, lo comprendo, señor...

—Simmons. Albert Simmons —dijo Jace con la frialdad

necesaria—. Yo tenía la impresión de que la señora Marcuse era una profesional. Me dijeron que era una profesora muy rigurosa.

—Lo es —dijo el señor Marcuse. Parecía un poco violento por tener que explicar la ausencia de su mujer—. Lo siento por las molestias que le ha producido, pero al parecer mi mujer ha recibido un aviso inesperado —echó un vistazo al papel que tenía en la mano, como si contuviese un gran misterio—. Le diré que estuvo usted aquí. Le diré que le llame para concertar otra cita.

—¿No tiene idea de dónde está? —preguntó Tasha—. Albert va a marcharse del país por unos días. Si pudiéramos llamarla antes de que se vaya...

El señor Marcuse estaba diciendo que no con la cabeza.

—Me temo que no hay teléfono donde está la señora Marcuse. Pero le diré que le llame en cuanto venga. La verdad, siento mucho que se haya molestado.

Cuando estuvieron de vuelta en el coche, Jace se volvió hacia Tasha.

—¿Nos marchamos ya? —preguntó—. Empiezo a tener hambre.

—Dentro de un rato —le prometió Tasha.

El rato se convirtió en cerca de una hora y media más. Cuando el deportivo verde de la señora Marcuse apareció de repente ante sus ojos, el sol ya se estaba poniendo en el horizonte. Aparcó en el camino del garaje detrás del coche de su marido y se marchó corriendo dentro de la casa.

—¿Nos podemos ir ahora? —volvió a preguntar Jace—. Me muero de hambre.

—En un minuto —dijo Tasha y empujó la puerta del coche.

—¿Adónde vas?

—Quiero echar un vistazo a su coche.

—¿Para qué?

Tasha no estaba segura. Tal vez había algo que ver, algo

que le ayudara a imaginarse adónde había ido la señora Marcuse. Saltó del coche de Jace, caminó por la calle con toda la tranquilidad posible, y redujo su paso cuando puso un pie en el camino del garaje de los Marcuse. Después echó un vistazo a su alrededor y, al no ver a nadie, se atrevió a aproximarse más. No encontró mucho.

Cerró los puños. Definitivamente había algo extraño en el modo en que había actuado la señora Marcuse. Incluso su marido se había sorprendido por su extraño comportamiento. ¿Adónde se había marchado con tanta prisa, y por qué se había enfadado tanto? Era frustrante tener esa sensación tan fuerte de que algo iba mal, y ser incapaz de hacer nada para descubrir exactamente qué. Era tan frustrante que Tasha sintió ganas de darle una patada a algo, como por ejemplo a uno de los neumáticos del descapotable. Lo habría hecho si no hubiesen estado cubiertos de barro.

XII

TÍA CYNTHIA salió corriendo por la puerta de la casa y ya había recorrido medio camino antes de que Jace frenase el vehículo.

—Tasha, gracias a Dios —gritó—. No tenía ni idea de dónde estabas.

Tasha corrió a su encuentro. Tía Cynthia estaba empezando a angustiarse de verdad. Se ponía como una loca siempre que no sabía con exactitud dónde estaba su sobrina.

—Jace y yo fuimos a hablar con alguien —explicó Tasha—. Una mujer cuyo padre trabajaba en el Café...

—Oh, Tasha —dijo tía Cynthia con voz angustiada—. Tu padre...

A Tasha se le hizo un nudo en el estómago cuando se fijó en la cara colorada y los ojos preocupados de su tía.

—¿Qué pasa, tía Cynthia? ¿Qué pasa con papá?

—Está en el hospital.

El corazón de Tasha estuvo a punto de dejar de latir en su pecho.

—Me han dicho que ha sido una especie de accidente —prosiguió tía Cynthia—, aunque no sé lo que ha pasado exactamente. No me han dado más explicaciones.

—¿Pero está bien, verdad? —preguntó Tasha—. ¿No será serio?

Jace se giró desde su asiento para abrir la puerta trasera del coche.

—Suba, señora Jarvis —propuso—. Las llevaré al hospital.

Un vigilante armado apostado en la puerta de la habitación de Leonard Scanlan se negó a dejar pasar a Tasha hasta que llamó a la comisaría pidiendo instrucciones. Después le dijo:

—Me temo que tendrá que esperar.

—¿Esperar? —repitió Tasha incrédula. Ahora que estaba tan cerca de su padre, pensó que no podría quedarse parada ni dejar pasar ni un solo segundo más antes de comprobar por sí misma cómo se encontraba—. Si mi padre está herido, quiero verle.

El oficial de policía le dijo que sabía cómo se sentía, y añadió:

—Podrás verle enseguida. ¿Por qué no te sientas en la sala de espera que hay más allá del vestíbulo? Yo te avisaré cuando puedas entrar.

Tasha no se habría movido a no ser por tía Cynthia y Jace, quienes la tomaron cada uno por un brazo y se la llevaron. Se quedó sorprendida al descubrir a Denny Durant paseando arriba y abajo por la salita de espera.

—¿Qué estás haciendo aquí? —le preguntó.

—Lo mismo que tú. Esperar a ver lo que ha pasado. La policía estaba en mi oficina cuando han recibido la llamada. Algo le ha pasado a tu padre, niña, aunque no me lo han contado.

Tasha se dejó caer en una de las sillas de plástico de la sala de espera y trató de no pensar lo peor. No resultaba fácil.

Pasó un rato infinitamente largo antes de que aparecieran los detectives Pirelli y Marchand. El señor Brubaker llegó justo detrás de ellos.

Tasha se levantó de un salto para ir a su encuentro.

—¿Qué ha pasado? —preguntó—. ¿Por qué no puedo ver a mi padre?

—Puedes —dijo la detective Marchand—, dentro de un minuto. Pero queríamos verte primero, antes de que entres, para que estés preparada.

Tasha miró con ojos desorbitados a tía Cynthia, quien preguntó bruscamente:

—¿Qué se supone que significa esto? ¿Qué le ha pasado a Leonard?

La detective Marchand sorprendió a Tasha al mirar al señor Brubaker en busca de ayuda. El abogado dijo lúgubremente:

—Tal vez sea mejor que te sientes, Natasha.

Tasha sintió que le fallaban las rodillas. «Tal vez sea mejor que te sientes» era lo que decía la gente en televisión o en las películas justo antes de anunciar algo terrible, como que a alguien le había sido diagnosticada una enfermedad terminal, o que había muerto. Se agarró del brazo de Jace para mantenerse firme.

—Creo que prefiere estar de pie —dijo Jace.

El señor Brubaker no replicó.

—Tu padre..., bueno, como estoy seguro que puedes figurarte, está deprimido por toda esta situación. Ha estado preocupado por ti y por cómo iban sus restaurantes.

—¿Qué pasa con ellos? —preguntó Denny Durant—. Yo me encargo ahora de las cosas —era como si le hubieran insultado.

—No están en su mejor momento económico, según parece —dijo el señor Brubaker—. Leonard está preocupado porque esta detención puede llevar los restaurantes a la ruina.

Tasha esperaba que Denny contradijese al abogado, pero no lo hizo.

—Últimamente las cosas han ido mal —dijo Denny—. Pero nunca dejaré que la cadena se hunda. De ninguna manera.

En más de una ocasión Tasha le había oído decir a su padre que Denny no sabía nada del negocio de la restauración. No le extrañaba que estuviese preocupado.

El señor Brubaker se volvió hacia Tasha.

—También se preocupa por ti, Tasha, por cómo te ha afectado todo esto. Me temo que se siente responsable...

—¿Responsable? —repitió Tasha—. ¿Quiere decir que usted piensa que lo hizo él?

El señor Brubaker hizo un gesto negativo con la cabeza.

—No, no. Lo que quiero decir es que se arrepiente de haberse peleado con tu madre y haberla dejado marchar aquella noche. Se arrepiente de no haberla apoyado en su deseo de apartarse durante un tiempo del negocio de los restaurantes —examinó a Tasha durante un instante—. Me temo que no hay un modo fácil de decir esto, Tasha. Parece que tu padre ha intentado suicidarse.

Si no hubiese sido porque Jace la tenía bien sujeta, Tasha se habría derrumbado. Pero Jace la acercó a una de las sillas de plástico de la sala de espera y la sujetó hasta que se sentó en ella. Toda la habitación le daba vueltas cuando se dio cuenta de lo que había dicho el señor Brubaker. Trató de imaginarse la desesperación que su padre debía sentir para haber actuado así. La última vez que le había visto llevaba escrita la angustia en su rostro. Si al menos le hubiesen dejado en libertad bajo fianza. Ella estaba segura de que si hubiera estado en casa aguardando el juicio en lugar de estar encerrado en la celda de una cárcel, habría sido más fácil para él.

—¿Cómo está? —preguntó despacio—. ¿Está... está herido de gravedad?

—No —dijo el señor Bruebaker—. Alguien se ha dado cuenta de lo que estaba pasando antes de que fuese a más. No obstante, le han sedado y quieren que pase aquí la noche bajo observación.

—¿Puedo verle?

—Por supuesto —dijo la detective Marchand—. Sólo queríamos que primero supieses lo que había pasado. Claro que puedes verle.

Tasha sintió como si la arrastrasen por los pasillos del hospital sobre unas piernas que no eran las suyas. Todo parecía tan irreal: su paso por el vestíbulo, el movimiento desacompasado del oficial de policía que estaba ante la habitación de su padre cuando se había puesto en pie y le había abierto la puerta, el frío tacto de la mano de tía Cynthia sobre sus brazos cuando había cruzado la puerta con Tasha, la total monotonía de la habitación de hospital, en cuya única ventana, pequeña y sombría, había una reja...

Leonard Scanlan estaba tendido sobre las sábanas inmaculadas, los ojos cerrados, la cara pálida como la almohada. Parecía más delgado de lo que lo recordaba Tasha, y supuso que no había estado comiendo bien en los últimos días. No pudo distinguir ninguna señal de heridas. Se acercó a la cama con cautela y tocó su mano. Le tranquilizó notarla caliente.

—¿Papá?

El hombre abrió los párpados e inmediatamente se le llenaron los ojos de lágrimas.

—Tasha...

—Está bien, papá —susurró ella, con las mejillas húmedas. Se limpió las lágrimas y trató de parecer valiente—. Está bien —se inclinó sobre su padre y le abrazó, y se tranquilizó al comprobar que el abrazo de él era intenso y firme. Cuando se echó hacia atrás, se percató por primera vez de algo extraño en su cuello, una marca colorada que parecía rodearlo, como si...

De pronto su padre levantó la mano y se estiró el cuello del camisón para taparse la marca.

—¿Cómo te sientes, papá? —preguntó Tasha—. ¿Estás bien?

Leonard Scanlan asintió levemente.

—Tasha, lo siento. Yo sólo... —su voz se convirtió en un susurro—. No tienes ni idea de lo que es estar allí dentro, Tasha.

—Lo sé —dijo ella, aunque apenas podía imaginarse lo que había sido su vida desde la detención.

—Hay algo más, Tasha —dijo él—. Algo sobre lo que espero que no tengas que preocuparte...

—Si estás preocupado por tus restaurantes, Leonard —se adelantó tía Cynthia—, me complacería ayudarte en lo que pueda. Sé una o dos cosas sobre el negocio de las comidas, ya sabes.

Leonard Scanlan miró a su cuñada con gratitud.

—¿Lo harías? —preguntó.

—Me encantaría. Y tampoco te preocupes por Tasha. Es una buena chica. Fuerte y decidida. Estará bien.

Otra lágrima rodó por la mejilla de Leonard Scanlan. Apretó fuerte la mano de Tasha.

—Siéntate, pequeña —dijo—. Quédate un rato conmigo.

Tasha echó un vistazo a la detective Marchand, que estaba de pie en el umbral de la puerta. La detective asintió con la cabeza. Tasha acercó una silla a la cama y se sentó, tomando la mano de su padre en la suya.

Cuando llegó el momento, Tasha no quiso marcharse. ¿Por qué no la dejaban quedarse esa noche con su padre? ¿Por qué tenía que dejarle allí solo? A ella no le habría importado pasar toda la noche sentada en una silla. Se habría quedado a pata coja hasta el amanecer si ello hubiera servido para que su padre se sintiese mejor. Pero una enfermera afirmó que quedarse iría contra las normas del hospital, y la detective Marchand le explicó a Tasha que a efectos prácticos su padre aún estaba bajo custodia. Además, le insinuó amablemente, que parecía dormido. Tasha besó la mejilla hundida de su padre y siguió a la detective hasta el pasillo.

Tía Cynthia estaba en la sala de espera hablando con Denny Durant. Se puso en pie cuando vio a Tasha.

—Precisamente le estaba comentando a Denny lo decidida que eres —dijo— y que estás haciendo todo lo posible por ayudar a tu padre.

—¿Dónde está Jace? —preguntó Tasha.

Tía Cynthia se encogió de hombros.

—Dijo que volvería en unos minutos, pero eso fue ya hace un rato.

—Puedo llevarte —propuso Denny.

—No, gracias —contestó Tasha. Quizá no era justa, pero estaba furiosa con él. Todo el tiempo que había permanecido junto a su padre, se había imaginado a Denny hablando con la policía sobre el fiero temperamento de su padre. Se recordó a sí misma que Denny había comparecido en la vista oral, pero no le había ayudado en absoluto.

—Puedo llamar un taxi —dijo tía Cynthia.

—¿Alguien ha dicho un taxi? —preguntó una voz detrás de Tasha. Ella se volvió a contemplar el rostro familiar de Jace—. Lo siento —dijo él—. He pensado que mientras estábamos aquí podría hacer una visita a la señora Mercer.

El corazón de Tasha se aceleró.

—¿Cómo está? —y la chica sintió el aliento de Denny Durant sobre su cuello cuando el socio de su padre se adelantó para escuchar la contestación.

La desalentadora expresión de Jace lo decía todo cuando les informó:

—Ni mejor, ni peor. Las enfermeras no han querido decirme nada. Pero una mujer de la habitación de al lado: la señora Delvecchio, que está aquí para un implante de cadera, me ha dicho que había oído por casualidad la conversación de unas cuantas auxiliares de enfermera. Estaban comentando que la señora Mercer aún podría salir del coma, aunque no tenía ese aspecto. ¿Cómo está tu padre?

Tasha sacudió la cabeza.

—Vamos —dijo Jace—. Os llevaré a casa.

Mucho después de que tía Cinthia hubiese entrado en la casa, Tasha seguía sentada en el coche de Jace.

—No has comido nada en todo el día —dijo ella—. Lo siento.

—No lo sientas —tomó su mano en la suya—. He comido un bocadillo en la cafetería del hospital. Sabes, es un milagro que alguien salga del hospital, teniendo en cuenta el tipo de comida que se toma allí. En mi opinión, recuperarse con esos menús es una muestra de fortaleza —sonrió con picardía, después se puso serio de repente—. ¿Muy preocupada por tu padre?

A Tasha se le encogía el corazón cuando pensaba en la palidez de su padre y en la desesperanza que había visto en sus ojos.

—Creo... Me temo que se ha dado por vencido —susurró—. Eso me asusta.

Jace no dijo nada. Esperó a que ella hablase de nuevo.

—Tengo que hacer *algo* —dijo Tasha—. Tengo que encontrar una forma de ayudarle —se reclinó en su asiento y se quedó mirando fijamente las estrellas en el cielo oscuro—. Había barro en los neumáticos.

—¿En los neumáticos de quién?

—De la señora Marcuse. Lucille. Hace días que no llueve, pero cuando ha vuelto del sitio adonde ha ido, sus neumáticos estaban cubiertos de barro endurecido.

Jace reflexionó un rato antes de decir:

—Hace semanas que no llueve, no días. No ha llovido en ninguna parte al sur de Ontario. De todas formas, ¿cuánto tiempo ha estado fuera?

—Dos horas y media, tal vez tres.

—Lo que significa quizá hora y cuarto, máximo hora y media, de ida y vuelta —pensó en ello unos instantes—. Podría haber ido a un lago, tal vez. Eso explicaría lo del barro. O quizá ha estado en algun sitio, en una granja.

—¿Una granja?

—Quizá algún lugar al norte de la ciudad. Algún lugar

donde pueda haber regadío, o un invernadero en funcionamiento o algo así. O tal vez...

—En dos palabras, estás diciendo que no tenemos ni idea de adónde ha ido.

Jace se encogió de hombros.

—En dos palabras.

Ambos permanecieron un rato en silencio mientras lo consideraban.

—Pero ¿por qué? —preguntó por fin Tasha— ¿Por qué se largaría así tan de repente? Ni siquiera ha llamado a sus alumnos para cancelar las clases. Ni tampoco, a su marido. ¿Por qué?

—¿Te acuerdas de lo que ha dicho el señor Marcuse cuando le hemos preguntado si nosotros, si Albert Simmons, podría llamarla para concertar otra cita? Que no había teléfono donde estaba.

Tasha se sentó erguida y se le quedó mirando fijamente.

—¿Estás pensando lo mismo que yo? ¿Qué ella sabe quién lo hizo? O que conoce a alguien que sabe algo. Y ha ido a advertir a esa persona de que estamos husmeando por ahí. Eso es posible, ¿verdad?

—A mí me parece más que posible. Parece una explicación bastante buena de por qué se ha comportado de un modo tan extraño.

—Si hubiese algun modo de averiguar exactamente adónde ha ido y a quién ha ido a advertir.

—¿Quieres volver mañana y hablar con ella otra vez? —preguntó Jace.

—Hoy no nos ha dicho lo que queríamos saber. ¿Por qué iba a hacerlo mañana? A no ser... —Tasha estaba fraguando una idea en su cabeza—. Eh, ¿qué te parece esa cosa que estás haciendo para tu abuela?

Jace sonrió.

—Sí. Sí, creo que te sigo.

XIII

TASHA ECHÓ un vistazo por encima de su hombro, pero no pudo ver el coche de Jace, que estaba aparcado al final de la manzana. Aspiró hondo el aire de la mañana, y se arrepintió de no haberse decidido al final a apuntarse al club de teatro. Tal vez si hubiese tenido alguna experiencia sobre un escenario, estaría menos nerviosa por lo que iba a hacer ahora. Tal vez estaría dispuesta a atravesar con decisión el camino hacia la gran casa de piedra, llamar a la puerta y decir lo que tenía que decir con seguridad convincente. Tal vez.

Pero la prueba del club de teatro le había echado atrás. Temía que su representación no convenciera a nadie. Después de todo, ¿no le había dicho siempre su padre que mentía fatal?

—Te delata la cara, jovencita —decía—. Te aconsejo que jamás juegues al póquer con dinero. Con una cara tan sincera como la tuya, perderías todo el dinero que apuestas.

Ahora Tasha no estaba jugando por algo tan poco importante como el dinero. Era mucho más importante lo que estaba en juego. Tan importante que le temblaban las rodillas cuando empezó a caminar por el sendero empedrado.

«Vamos, cálmate», se dijo a sí misma. «No puedes rajarte ahora. Si tú no convences a Lucille Marcuse de que quieres decir lo que dices, perderás la última oportunidad de ver libre a tu padre».

Se obligó a mirar al frente cuando se aproximaba a la

amplia puerta azul, aunque la tentación de examinar el coche que estaba en la entrada del garaje era irresistible. ¿Le habría puesto Jace el dispositivo correctamente? ¿Se vería? ¿Se daría cuenta Lucille Marcuse cuando fuera a buscar su coche, suponiendo que Tasha pudiese convencerla de que lo hiciera? Tal vez Lucille había visto antes a Jace en la entrada del garaje. Tal vez ya sospechaba que iba a pasar algo.

«No mires», se dijo Tasha. «No mires, no pienses, sólo di lo que tienes que decir».

La luz del sol se reflejó sobre los números metálicos atornillados al marco de la puerta. Tasha apretó el timbre y esperó.

Pasaron segundos. Le picaba el sudor en las palmas de las manos y bajo los brazos. Se dispuso a tocar de nuevo el timbre, aunque se quedó helada antes de apretarlo. La puerta se abrió.

Lucille Marcuse se la quedó mirando, con la cara rígida por el enfado.

—¿Qué estás haciendo aquí? —inquirió—. Ayer te dije que no tenía nada que contarte. Te dije que llamaría a la policía si volvías a poner un pie en mi propiedad. No creas que no lo haré.

El nerviosismo de Tasha se desvaneció, ahuyentado por la brusquedad de la voz y la mirada de Lucille Marcuse. ¿Quería intercambiar amenazas? Bueno, Tasha tenía una para ella.

—Adelante, llámela —dijo—. Iba a darle unas cuantas horas, pero si usted quiere a la policía aquí y ahora, pues bienvenida sea.

Como Tasha esperaba, sus comentarios dejaron atónita a Lucille Marcuse.

—¿A qué te refieres? ¿De qué estás hablando?

—Sabemos adónde fue usted ayer —dijo Tasha.

Lucille Marcuse retrocedió dentro de su casa y comenzó a cerrar la puerta.

—Mi amigo y yo la vimos salir de la casa —continuó Tasha—. La seguimos.

El rostro de Lucille Marcuse se quedó sin color.

—En ese caso, ¿por qué no has ido a la policía? —preguntó.

—Su padre y mi madre eran amigos, señora Marcuse. Buenos amigos. Por eso he venido a verla, para darle la oportunidad de que haga lo correcto. Quiero que vaya usted a la policía y les cuente todo lo...

—¡No haré tal cosa! —gritó la señora Marcuse—. No puedes probar nada.

—Le doy tres horas —dijo Tasha y miró su reloj—. O va usted a la policía a mediodía y les cuenta todo, o lo haré yo. Les contaré adónde fue usted exactamente y con quién estuvo. Estoy segura de que les interesará. Lo siento por su padre, señora Marcuse, pero el mío ha sido acusado de un crimen que no ha cometido. Tengo que hacer todo lo que pueda para ayudarle.

Después se dio media vuelta sin esperar respuesta y bajó corriendo por la manzana en dirección contraria a donde Jace esperaba sentado en su coche. Notó la mirada de la señora Marcuse sobre ella en cuanto se puso en marcha, hasta que por fin estuvo fuera de su alcance. Esperó a Jace en el lugar que habían acordado.

Pasaron cinco minutos, después cinco más. ¿Y si la señora Marcuse no mordía el anzuelo? ¿Y si sólo volvía a entrar en su bonita casa y se sentaba al piano? ¿Y si no funcionaba el plan?

Tasha se estaba impacientando mientras paseaba por la acera, incapaz de ver lo que estaba sucediendo en casa de los Marcuse. Con cada minuto que pasaba, estaba más convencida de que su plan no iba a funcionar. Si tenía que suceder algo, debía ser ahora.

De pronto, apareció ante su vista el coche de Jace. Tasha corrió hacia él y saltó al asiento delantero.

—¿Se ha ido?

—Eso creo. Se ha metido en el coche hace un par de minutos y se ha largado. Ha sobrepasado con creces el límite de velocidad —echó un vistazo a la pantalla del ordenador portátil que estaba en el asiento de delante, entre él y Tasha—. ¿Puedes verla?

Un puntito blanco daba pitidos en la pantalla.

—Se parece al radar de una torre de control de tráfico aéreo —dijo ella—. Mejor aún. Nosotros sabemos exactamente dónde está —Jace había cargado un programa gráfico con el plano de la ciudad—. ¿Qué pasa si se sale del plano?

—Depende de la dirección en que vaya, hay más plano. Aunque una vez que esté fuera de los límites de la ciudad, nos las tendremos que arreglar más o menos solos. Aunque hay pocas carreteras ahí fuera, pocos desvíos que pueda tomar. Podremos seguirla con cierta facilidad. Al menos, en teoría.

Como Jace había predicho, seguir hacia el norte el coche de la señora Marcuse a través de la ciudad no resultó complicado. Pero después, repentinamente, el pitidito blanco de Lucille Marcuse salió disparado fuera del plano, y Tasha se vio obligada a seguirlo relacionándolo con puntos que no le eran familiares.

—¿Dónde estamos? —preguntó después de contemplar en la pantalla el pitidito durante treinta minutos.

—Estamos llegando a Holland Landing —Jace miró su reloj—. Si va al mismo sitio que ayer, no puede quedar muy lejos. Llevamos en la carretera cerca de una hora.

—Está girando un poco a la izquierda —avisó Tasha.

—La carretera sigue ese curso. Si hace un giro repentino, me lo haces saber.

No lo hizo. Se metieron en una carretera de dos carriles que les adentraba en una zona de muchas granjas. Entonces, sin previo aviso, la pantalla se oscureció.

—Algo va mal —aulló Tasha—. ¡Algo va mal!

—Reinícialo —dijo Jace, tranquilo. Tasha le miró, nerviosa.

—Está bien.

Le dio a CTRL/ALT/SUPR y escuchó cómo el ordenador comenzaba de nuevo. Volvió a encenderse, la pantalla se aclaró.

—Ahora teclea MAP.EX —dijo Jace.

Tasha lo hizo. De pronto, aparecieron de nuevo el mapa y el puntito blanco.

—Ahora —dijo Jace tranquilo—, dime dónde está.

—Al este —dijo Tasha—. Está al este de aquí, va en línea recta.

Jace redujo la velocidad.

—¿Qué estás haciendo? —preguntó Tasha, alarmada—. Vamos a perderla.

—Por aquí no hay muchos sitios donde ocultarse —contestó Jace—. No me puedo arriesgar a ir demasiado cerca.

Tasha echó un vistazo a su alrededor. Los campos que se extendían a uno y otro lado de la carretera estaban recién sembrados, llenos de hierba o tréboles, no demasiado crecidos. Aparte de los árboles que habían plantado aquí y allá para contener el viento, la tierra era lo suficientemente llana como para poder ver a grandes distancias. De vez en cuando pasaban por un granero, un establo pintado de rojo o una granja de piedra, aunque la mayor parte de ellas estaban alejadas, al final de largas carreteras en desuso.

—Debemos tener cuidado de que ella no nos vea, aunque nosotros sí lo hagamos —dijo Jace.

Tasha asintió con la cabeza.

—Qué tranquilidad hay afuera —comentó ella. Incluso el aire era más fresco. Bajó la ventanilla y aspiró hondo cuando aceleraron por la carretera. Estaba disfrutando tanto que no se dio cuenta hasta aquel momento de que el descapotable verde hierba de la señora Marcuse ya no viajaba en la misma dirección.

—¡Ha doblado! —exclamó Tasha—. Ha girado a la izquierda.

—Mantén los ojos bien abiertos. Debe de haber una desviación enseguida.

Tasha se inclinó hacia delante en su asiento, tensando el cinturón, para poder mirar a la izquierda de Jace.

—¡Ahí! —gritó por fin—. Hay una carretera —después, cuando se acercaron, añadió—: Puedo ver el coche. Por lo menos eso creo —en el mismo momento de decirlo el vehículo volvió a desaparecer.

Jace hizo el giro, y condujo el coche incluso más despacio de lo que había circulado por la carretera anterior.

—¿Qué ves en la pantalla?

—Ha hecho un giro brusco justo ahí delante —dijo Tasha—. Espera. Parece que ha parado. Hay una granja más arriba.

Jace pisó a fondo el acelerador y el coche salió disparado al doble de la velocidad a la que habían estado viajando.

—¿Qué haces? —gritó Tasha cuando pasaron a toda velocidad ante una vieja granja. El coche de la señora Marcuse estaba aparcado en el jardín de delante.

—Sólo somos dos personas a las que la señora Marcuse no conoce, que viajan a algún lado que no es éste —dijo Jace.

—¿Eh?

—Tasha, si paramos precisamente ahora, ella nos verá. Nunca averiguaríamos lo que está pasando.

—Tienes razón —murmuró ella.

Siguieron hasta que la carretera descendió un poco y la granja quedó fuera de su vista. Sólo entonces paró Jace.

—Vamos a tener que volver andando —dijo—. Y tendremos que tener cuidado para que no nos vean.

Salieron del coche y miraron la subida de la carretera.

—El camino más rápido es a través de esos campos —comentó Tasha. Había un grupo de arces y robles al final, cerca de la granja—. Si procuramos que esos árboles nos cubran, podríamos hacerlo.

Jace asintió. Se agacharon y corrieron deprisa hacia los árboles. Desde allí, había sólo veinte o treinta metros hasta el jardín de la granja donde estaba el coche de la señora Marcuse. Se asomaron desde detrás del grueso tronco de un roble justo en el momento en que vieron a Lucille Marcuse desaparecer dentro de un granero de aspecto desvencijado.

—Ahí debe de estar la persona a quien ha venido a avisar —dijo Tasha.

Jace asintió y, pasado un minuto, dijo:

—Entonces, ¿qué hacemos? ¿Entrar directamente ahí dentro y enfrentarnos a ellos? ¿O quedarnos aquí e intentar echar una ojeada a quien quiera que sea para poder contárselo luego a la policía?

—Nada de eso —respondió Tasha—. Tenemos que averiguar a quién ha venido a ver. Y, si podemos, también deberíamos averiguar lo que está pasando exactamente. Cuantos más datos tengamos para la policía, mejor.

Jace afirmó con la cabeza.

—Vamos —dijo.

—Iré yo —replicó Tasha—. Tú te quedas aquí.

—Pero podría ser peligroso.

—Precisamente por eso es por lo que debes quedarte aquí. Si va a pasar algo, debería pasarle sólo a uno de nosotros. De ese modo el otro puede ir a buscar ayuda.

—Estupendo —dijo Jace—. Excepto que tú te quedas aquí y yo iré a averiguar qué está pasando...

Tasha sacudió la cabeza.

—Se trata de mi padre. Soy la única que debe hacer esto —cuando Jace fue a replicar, ella le hizo callar con un movimiento de la mano—. Estamos perdiendo tiempo —echó un vistazo a su alrededor, y después dio un paso para salir de detrás del roble.

—Ten cuidado —le susurró Jace.

Ella retuvo aquellas palabras en su mente mientras se agachaba y cruzaba corriendo el jardín hacia el granero. Fue más despacio según se acercaba, y caminó de puntillas los últimos metros. Cuando alcanzó el granero, se detuvo y apretó la oreja contra la puerta erosionada por la intemperie. No oyó nada. La entreabrió y se asomó dentro. Nada excepto un granero vacío. Rápidamente se deslizó dentro, y se quedó escuchando, conteniendo la respiración.

Voces. Las oía vagamente, pero le sirvieron para guiarse. A medida que avanzaba, se fueron haciendo más audibles. Una de ellas era la de Lucille Marcuse. Estaba hablando con un hombre.

—Te digo que tienes que marcharte inmediatamente —dijo—. Ella lo sabe. Ha ido a la policía.

—Si lo sabe es porque te has dejado llevar por el pánico —contestó la voz masculina.

El hombre no parecía enfadado. Eso desconcertó a Tasha. Si ella estuviese escondida y su escondite hubiese sido puesto en peligro por la estupidez de alguien, ella se habría puesto furiosa. Pero aquella voz sonaba bastante cansada.

—Lo sé, y lo siento —dijo Lucille Marcuse. Tasha avanzó sigilosamente por el granero, en dirección a la voz de Lucille—. Pero lo hecho, hecho está. Tienes que marcharte. Tienes que irte de aquí ahora. No hay tiempo que perder.

Había una puerta más allá. Era vieja como el resto del granero y colgaba medio abierta. Tasha se dirigió hacia ella de puntillas, sin atreverse a respirar apenas. Por fin estuvo en situación de asomarse a una zona del granero que parecía estar destinada a establos, todos ellos vacíos y con olor a moho. Vio a Lucille Marcuse suplicándole a un hombre que estaba de espaldas a Tasha.

—Tengo mi coche afuera —estaba diciendo Lucille—. Vete, haz el equipaje y te llevaré al aeropuerto.

—¿Y adónde me sugieres que vaya? —preguntó el hombre. Era alto y delgado, y llevaba un sombrero que le cubría tanto la cabeza que Tasha no veía de qué color era su pelo. Pero sospechaba que tan brillante y amarillo como la flor de un ranúnculo. Deseaba que el hombre girara un poco a un lado para ver si tenía la cara tatuada.

—No importa adónde vayas —dijo Lucille—, tan lejos como puedas, fuera de aquí. No tenemos más tiempo.

Lucille Marcuse se acercó al hombre y le agarró una de sus manos. Tasha comprobó que era una mano muy vieja, ajada y arrugada. Se echó atrás para ocultarse y tropezó. De repente estaba cayendo de espaldas mientras agitaba los brazos como un molinillo, tratando de encontrar un asidero, algo que le sirviese para mantenerse en pie. No tuvo suerte. Cayó al suelo con estrépito, y los ojos se le cerraron por el impacto. Cuando los abrió de nuevo, tenía sobre ella el rostro curtido de Evart Horstbueller.

XIV

—NATASHA —su nombre era como un suspiro en boca de Evart Horstbueller.

Tasha se quedó mirando aquel viejo rostro. Era él de verdad. Sus ojos no la engañaban. Cuando empezó a levantarse, él extendió una mano para ayudarla.

—Yo creía...

—No importa lo que tú creas —dijo bruscamente Lucille Marcuse. Su voz era fría como el destello de la pistola que tenía en la mano. Tasha abrió más los ojos al darse cuenta. Nunca antes había visto una pistola de verdad, y menos, apuntándola a ella directamente. Evart Horstbueller siguió la mirada de Tasha y chasqueó la lengua con fastidio cuando descubrió lo que ella estaba mirando.

—Por el amor de Dios, Lucille, sólo es una niña. Aparta ese chisme antes de que hagas daño a alguien.

Pero Lucille no bajó la pistola.

—Será una niña —dijo—, pero eso no significa que no sea peligrosa. Si antes no sabía que aún estabas vivo, ahora lo sabe. Tienes que marcharte, padre. No puedes quedarte más tiempo aquí.

Las ideas se agolpaban en la cabeza de Tasha mientras trataba de darse cuenta de lo que estaba pasando. Todos le habían dicho que Evart Horstbueller había muerto hacía cinco años, poco después de que desapareciera su madre. Pero estaba ahí de pie, justo delante de ella. Y su hija, que seguía apuntando a Tasha con la pistola, le estaba diciendo que tenía que huir. De la suma de todo sólo podría concluirse una cosa.

—¡Fue *usted!* —dijo Tasha—. Usted mató a mi madre y después fingió su propia muerte para que no pudieran atraparle —sólo había una cosa que no entendía—. Pero ¿por qué? —preguntó—. Mi madre le apreciaba. Le respetaba. Y yo pensaba que usted también la apreciaba a ella. ¿Por qué lo hizo?

Evart Horstbueller la contempló con ojos desvaídos y apenados.

—Natasha...

—Entra en la casa, padre. Entra en la casa y haz el equipaje. Yo me encargo de ella.

—¿Encargarte de ella? —Evart Horstbueller sacudió la cabeza con indignación—. ¿Qué piensas hacer? ¿Pegarle un tiro?

—La encerraré en la cochera del tractor. Eso te dará tiempo para alejarte.

—Y después ¿qué? —dijo él. Tasha volvió a darse cuenta de lo cansado que se sentía— No puedes encerrarla para siempre. Al final tendrás que dejarla marchar. Cuando lo hagas, irá derecha a la policía.

—Tal vez —admitió Lucille—. Pero entonces ya no tendrá importancia. Para entonces ya hará mucho que te habrás marchado.

—¿Y qué pasa contigo, Lucille? Una vez que sepan que todavía estoy vivo, tu vida correrá peligro.

—Entonces me iré contigo. ¡Por favor, padre! Sabes lo que ocurrirá si te quedas.

Evart Horstbueller se quedó quieto durante un largo rato, mirando primero a Tasha, después al suelo del viejo granero cubierto de polvo. Por fin levantó con esfuerzo sus huesudos hombros.

—Lo siento, Tasha. De verdad que lo siento —mientras se daba la vuelta y pasaba junto a Tasha, Lucille hizo un gesto con la pistola.

—Por ahí —dijo—. Muy despacio. No te muevas apresuradamente. No quiero hacerte daño, pero si tengo que escoger entre tú y mi padre, creo que sabes lo que haré.

Tasha lo sabía demasiado bien. Mientras caminaba despacio por el granero y salía al jardín, dejándose guiar hacia el edificio más desvencijado de la propiedad —un garaje de chapa metálica al que Lucille llamaba cochera del tractor—, se preguntaba dónde estaba Jace. ¿Estaría viendo lo que le estaba sucediendo? ¿Se habría marchado ya a buscar ayuda? Seguramente no iba a arriesgarse tratando de desarmar a Lucille. Para ser profesora de piano, la mujer parecía controlar bien la pistola. Y evidentemente estaba dispuesta a proteger a su padre de la policía.

—Entra ahí dentro —ordenó Lucille cuando llegaron a la cochera.

Tasha vio un enorme candado que pendía de la puerta. El garaje estaba oscuro. Tasha no pudo ver ventanas.

—¡He dicho que entres! —gruñó Lucille, empujándola con la pistola.

Entonces, de repente, como si se hubiese escaldado, Lucille profirió un aullido. Tasha se dio la vuelta rápidamente y vio cómo la pistola salía volando de su mano. Brilló a la luz del sol mientras daba vueltas en el aire. Lucille se retorció, agarrándose la muñeca derecha con su mano izquierda. Detrás de ella Jace estaba de pie, con el rostro crispado por el dolor.

—¡La pistola! —le gritó a Tasha—. ¡Coge la pistola! —y luego añadió—: ¡Caray!, estos golpes de kárate son bastante más dolorosos en la vida real que en las películas. Creo que me he roto algo.

Tasha se lanzó por la pistola. Su mano estaba a punto de agarrarla cuando Evart Horstbueller salió de la casa, llevando lo que a Tasha le pareció un rifle.

—¡No toques esa pistola! —chilló Lucille detrás de Tasha—. Padre, no le dejes coger la pistola.

Evart Horstbueller observó cómo Tasha se aproximaba al

arma. Miró a Lucille con el rostro contraído. Entonces bajó su rifle y dijo:

—No más.

Durante unos instantes Tasha no se movió. No daba crédito a lo que estaba pasando. Evart Horstbueller era un asesino. Había asesinado a su madre y la había enterrado en el sótano del Café Fireside. No podía darse por vencido tan pronto. Tal vez estaba esperando a que ella agarrase la pistola. Tal vez...

Evart Horstbueller dejó su rifle, atravesó el jardín y se inclinó para recoger la pistola. La vació de balas y la lanzó a un matorral junto a la cochera del tractor.

—¿Por qué no entráis tú y tu amigo, Tasha? Tomaremos una taza de té.

La granja, que desde fuera tenía un aspecto tan desvencijado, por dentro estaba inmaculadamente limpia y amueblada con sencillez pero alegremente. Las baldosas del suelo de la cocina reflejaban la luz del sol que entraba a raudales por la ventana. Las encimeras estaban limpias y despejadas, incluso relucían los quemadores de la gran cocina de gas.

—Por favor —dijo Evart Horstbueller—, sentaos.

Pero nadie ocupó las sillas de pino que rodeaban la mesa. Lo último que deseaba Tasha del asesino de su madre era una taza de té. Tampoco confiaba en él. Con su hospitalidad probablemente trataba de desarmarla. Lucille contemplaba enfurruñada a su padre, mientras él ponía agua a hervir en la tetera. La mujer estaba claramente convencida de que iba a cometer un error. Con los nervios de punta, Jace se puso a mirar por la ventana.

Evart Horstbueller encendió el gas. Cuando fue a coger la lata del té, se quedó mirando a los tres y sacudió la cabeza.

—Jamás haría daño a tu madre, Tasha —dijo.

—Padre, por favor...

Evart Horstbueller la hizo callar con un movimiento de la mano.

—Durante los últimos cinco años, creí que lo mejor que podía hacer era quedarme aquí. Después de todo, ¿a quién perjudicaba? Lo peor ya había sucedido, aunque nadie se dio cuenta de ello. Todos pensaron que Catherine, tu madre, había abandonado a Leonard. Nadie sabía lo que había sucedido de verdad, así que me resultó fácil convencerme de que ocultándome aquí... —echó un vistazo por la soleada cocina— no hacía daño a nadie y me salvaba a mí mismo —sus ojos se llenaron de tristeza cuando miró a Lucille—. Incluso traté de convencerme de que estaba haciendo esto por Lucille, así ella estaría a salvo. Pero ahora... —sacudió la cabeza—, ahora sé que fui un cobarde. Debí haberme presentado en cuanto me enteré de que habían arrestado a Leonard —volvió a sacudir la cabeza—. Me equivoqué, Tasha. Lo siento.

Tasha estaba perpleja. Por su forma de hablar, sonaba como si él no hubiera cometido el asesinato, después de todo. Pero si era así, ¿por qué se había escondido allí y por qué Lucille había apuntado a Tasha con la pistola para que, mientras, él tuviera tiempo de marcharse?

—No lo entiendo —dijo—. Usted mató a mi madre, ¿no?

—No —dijo Evart Horstbueller—. Aunque a veces, siempre que pienso en ello, creo que guardar silencio todos estos años no me hace mejor que un asesino. Pero, no, no lo hice.

—Entonces, ¿por qué...?

—¿Por qué me oculté aquí?

Tasha asintió.

—Padre, por favor, no... —comenzó Lucille.

Evart Horstbueller sacudió la cabeza cansinamente.

—Me he estado escondiendo durante siete años.

—¿Siete años? —dijo Tasha— Pero si sólo hace cinco años que mi madre..., que ella...

—Padre...

—No, Lucille. Ya pasó el momento de los secretos. Ahora es el momento de la verdad —se volvió hacia Tasha—. Deja que intente explicártelo. Hace siete años, en Holanda, mataron a mi mujer en un accidente y el conductor se fugó. Al responsable le suspendieron el proceso. ¡Un proceso suspendido! —pronunció estas palabras con amargura—. Se merecía algo mucho peor por lo que hizo.

Tasha echó un vistazo a Jace, quien parecía estar tan perplejo como ella.

—No comprendo —dijo por fin.

—Poco después de que le pusieran en libertad, ese hombre fue asesinado —Evart hizo una pausa—. Y yo fui acusado del crimen.

—Supongo que va a decirnos que no lo hizo usted —dijo Jace.

—Él no lo hizo —le espetó Lucille.

—No lo hice —aseguró Evart Horstbueller—. Aunque mucha gente me oyó amenazarle. Fue una estupidez. Yo no iba a hacerle daño. Pero cuando se pierde a alguien a quien amas, se cometen locuras —sus hombros se hundieron—. Todos recuerdan cómo le amenacé. Así que cuando fui acusado, hice otra tontería. No confiaba en los tribunales. ¿Cómo podría, si habían dejado marchar tan fácilmente al hombre que mató a mi mujer? Así que... —titubeó y frunció el ceño— eludí las cláusulas de la fianza, ¿es así como se dice?

—Así es como lo dice usted —dijo Jace, moviendo la cabeza sin dar crédito a lo que oía.

—Salí del país, vine aquí con Lucille y asumí una nueva identidad.

Tasha, atónita, contemplaba al anciano en silencio. Cuando era pequeña, él siempre la invitaba a un trozo de bizcocho o de tarta en la cocina del Café, y siempre le dejaba lamer el caramelo que quedaba en el cazo. No podía imaginárselo asesinando a nadie. Por fin dijo:

—Pero no entiendo qué tiene que ver eso con mi madre.

—Tu madre lo sabía —dijo Evart.

—Aunque lo supiera, sigo sin entender qué tiene que ver con ella —repitió Tasha frunciendo el entrecejo.

Él sacudió la cabeza.

—Déjame acabar, Tasha. Yo no maté a tu madre. Aunque sé quién lo hizo. Por eso he permanecido escondido aquí, fingiendo estar muerto. Sé quién lo hizo, y todo este tiempo he tenido miedo, miedo por mi propia vida, y más aún por Lucille.

Tasha miró a Jace, quien se encogió de hombros, perplejo.

—No comprendo —dijo ella.

La tetera empezó a silbar.

—Por favor —pidió Evart Horstbueller—, por favor, siéntate. Te lo explicaré todo.

—Pero, padre, no tenemos tiempo para esto...

—Todo —repitió él—. Natasha tiene derecho a saberlo.

Mientras Tasha escuchaba la historia de Evart Horstbueller, su té iba enfriándosele en la taza.

—Cuando llegué a Canadá, me cambié de nombre y me inventé una nueva vida. Encontré trabajo en el restaurante de tus padres. Todo parecía ir estupendamente. Entonces tu madre hizo un viaje a Europa.

—Lo recuerdo —dijo Tasha. Principalmente recordaba a su madre volviendo a casa después de una larga ausencia, con los ojos brillantes de excitación por todo lo que había visto, cargada de regalos—. Me trajo unos zapatos de madera.

Evart sonrió amablemente.

—Estando en Amsterdam le robaron el bolso.

—También me acuerdo de eso —confirmó Tasha. Le vino otra imagen a la cabeza, la de su padre hablando con tono tranquilizador y firme por teléfono, calmando a su madre y ayudándola a decidir qué hacer—. Papá le dijo que fuese a la comisaría y lo denunciase.

—Lo hizo —dijo Evart—. En comisaría, vio un cartel con

mi foto. Por alguna razón, entonces pensé que era un milagro, Catherine no le dijo nada a la policía.

Tasha trató de imaginarse a su madre haciendo tal descubrimiento, que alguien a quien conocía era buscado por asesinato, y ocultando aquella información mientras denunciaba el robo de su bolso. A Tasha no le parecía un milagro después de todo. Era algo que concordaba con la forma de ser de su madre.

—Ella siempre le apreció —le dijo a Evart—. Y siempre fue justa. Probablemente quería escuchar su versión de la historia antes de contar nada a nadie.

Evart asintió. Sus ojos se humedecieron.

—Cuando volvió, me preguntó sobre ello. Y cuando le conté la verdad, ella dijo que me creía. Catherine era una mujer maravillosa. Incluso se ofreció a prestarme dinero para contratar a un detective y descubrir al verdadero asesino —levantó la mano y se limpió una lágrima—. Creí que mi secreto estaba a salvo con tu madre. Pero descubrí que alguien, casualmente, nos oyó hablar.

—¿Quién? —preguntó Tasha.

Evart no contestó a la pregunta. Parecía ausente, recordando cosas pasadas. Después volvió a centrar su atención en Tasha.

—Ella quería viajar, y quería que tu padre vendiese el restaurante y se fuese con ella. Pero, en vez de eso, él se asoció con Denny Durant. Cuando tu madre se enteró, se enfadó muchísimo. No le gustaba Denny.

—¿Por qué no? —preguntó Tasha, ladeando la cabeza.

—Por la gente con la que se relacionaba. La carrera de Denny en el *hockey* había acabado. Casi nadie se acordaba de él. Pero él aún quería destacar. Lo hizo metiéndose en el negocio del restaurante y haciendo amigos entre gente no demasiado recomendable. Solía venir al Café todas las noches y sentarse en un reservado del fondo, él decía que era su oficina. Allí invitaba a sus amigos. No creo que ninguno de ellos le respetara de verdad, pero se iban con él porque con Denny allí tenían un sitio donde estar y hacer sus negocios.

—¿Negocios? —preguntó Jace.

—A veces asuntos de drogas, a veces tráfico de artículos robados, llámalo como quieras.

—¿Si las cosas estaban tan mal —dijo Jace—, ¿por qué se quedó usted? ¿Por qué no se marchó?

—Iba a marcharse —explicó Lucille—. Incluso se lo comunicó a tu padre. Iba a marcharse justo la semana después de que tu madre...

—Una semana más —dijo Evart— habría sido muy importante.

Tasha se quedó mirando el rostro húmedo de Evart Horstbueller, y respiró hondo. Él tenía la respuesta. Todo lo que tenía que hacer era preguntar. Cuatro sencillas palabras.

—¿Qué pasó aquella noche?

Evart posó su mirada sobre la mesa. Agarró su taza con las manos como si fuese un salvavidas que le protegiera de ahogarse en un mar de recuerdos tempestuosos.

—No había casi nadie en el Café. Casi ningún cliente. Sólo unos cuantos *amigos* de Denny... —pronunció la palabra con desprecio—, comiendo y bebiendo gratis. Desde donde yo estaba, en la cocina, podía oírles discutir. Algo sobre dinero. No me tenía en pie. Todo lo que quería era cerrar el Café y marcharme a casa. ¡Había tal tormenta afuera! Rico ya se había ido a su casa, así que salí a sacar la basura. Cuando volví dentro, tu madre estaba en el cuartito de al lado de la cocina. En el despacho, ¿lo recuerdas?

Tasha afirmó con la cabeza. Mientras escuchaba a Evart, visualizaba lo que él describía, como si estuviera oyéndole leer en voz alta, mientras ella, sentada con los ojos cerrados, se imaginara el escenario, los actores, todos los movimientos:

Allí está su madre, de pie en el pequeño despacho, sonriendo a Evart con tristeza mientras le dice que ha venido a decirle adiós, que ha abandonado a Leonard. Entonces, el griterío de la otra habitación se hace tan intenso que su madre tiene que levantar la voz para hacerse oír, hasta que, por fin, se enfurece. «Ese Denny —dice bruscamente—, no sé cómo se ha juntado Leonard con él». Atraviesa la cocina y entra en el comedor para echarle un rapapolvo a Denny. Evart sale disparado tras ella, la coge del brazo y le dice: «Catherine, no, déjalo, no merece la pena». Pero Catherine irrumpe en el comedor justo cuando uno de los amigos de Denny dice: «No liquidé a esos dos tipos del coche blindado para nada...». Cuando ella se da cuenta del significado de esas palabras, se detiene tan de repente que Evart, que la está siguiendo, tropieza con su cuerpo.

—Hubo un gran robo una semana antes, más o menos —prosiguió Evart—. Asesinaron a los conductores de dos coches blindados. Robaron cerca de un millón de dólares. Salió en todos los periódicos. Y allí estaban los dos hombre que lo habían hecho, y acababan de decirlo así, alto y claro. Incluso Denny parecía impresionado.

Tasha se imaginó la expresión de asombro de los rostros de Catherine y Evart cuando contemplaron al hombre que había hablado. Un hombre de terribles ojos negros que acababa de confesarse como el asesino.

—Por unos instantes —dijo Evart—, hubo un silencio mortal en la habitación. Después Denny dijo: «¡Catherine! ¿Qué te trae por aquí una noche como ésta?». Hablaba como si estuviese encantado de verla. Al principio Catherine estaba perpleja. Igual que yo. ¿Por qué parecía Denny tan feliz? ¿Acaso no acabábamos de escuchar todos una confesión de asesinato? Después percibí desesperación en sus ojos. Era como si nos suplicara que le siguiésemos el juego, que disimulásemos como si no hubiéramos oído nada fuera de lo común.

Tasha asentía con la cabeza, agarrando con sus manos el borde de la mesa impecablemente limpia.

—Tu madre pensaba con rapidez. No pude creer lo que

hizo a continuación. Contestó a Denny con la misma calma que habría tenido si se hubiese tropezado con él por la calle —dijo Evart—. Le dijo que Leonard estaba en casa, que ella le había abandonado y estaba camino del aeropuerto. «Evart estaba despidiéndose de mí», dijo. «Tengo un taxi esperando fuera». Mientras hablaba iba retrocediendo lentamente hacia la puerta, conmigo a su lado. Ambos tratamos de mantenernos tranquilos. No sé Catherine, pero yo pensé que tal vez podríamos marcharnos. Pensé que teníamos una oportunidad.

Tasha contuvo la respiración. Éste era el momento que había estado esperando, que había estado temiendo. Lo vio venir. «Pensé que teníamos una oportunidad».

—¿Pero? —dijo Tasha—. ¿Qué ocurrió?

—Los dos hombres que estaban con Denny nos detuvieron. Uno de ellos nos bloqueó el camino. El otro sacó un cuchillo. Catherine vio lo que estaba sucediendo. Hizo lo único que podía hacer. Empezó a gritar. Fue entonces cuando el hombre con el cuchillo la atacó. La apuñaló una y otra vez, incluso después de que cayese al suelo —la voz de Evart era monótona—. Lo vi. Lo vi y no dije nada. Yo... no pude articular un sonido.

Tasha se tapó los ojos con las manos para ahuyentar el horror. Su pobre madre. Se encontró en el sitio equivocado, en el momento equivocado, y nadie, nadie hizo nada para ayudarla.

—Denny... —dijo con voz entrecortada—. ¿Denny Durant estaba allí? ¿Lo vio todo?

Evart asintió.

—Yo quise correr, pero me temí que si hacía cualquier movimiento también me matarían a mí. Denny también parecía asustado. Dijo: «Bueno, ¿qué vas a hacer ahora? ¿Nos vas a matar a nosotros también?»

—Pero ¿por qué no lo hicieron? —preguntó Jace. Cuando Lucille le lanzó una mirada cortante, añadió—: No se ofenda, por favor.

—Uno de ellos, no el del cuchillo, sino el otro, dijo: «No quisiéramos matarte, Denny. Sabemos que eres un tío legal. Lo eres, ¿verdad, Denny?». Denny asintió. Entonces el hombre siguió: «Vas a demostrar lo legal que eres. Lo vas a demostrar matando al alemán». Se refería a mí.

—¿Querían que Denny le matase a usted? —preguntó Tasha horrorizada.

—Dijeron que si Denny me mataba, ninguno de ellos podría ir a la policía porque todos serían culpables de asesinato.

—Pero Denny no lo hizo —acabó la chica.

Evart sacudió la cabeza.

—Puede que Denny no sea tan macho como él se cree, pero es inteligente. Les dijo que no estaban pensando con claridad. «Matar a la mujer es una cosa», dijo. «Ha dejado a su marido, se ha marchado de la ciudad. Enterrad su maleta y despedid al taxi, y os podréis marchar a casa». Dijo que podría arreglarlo de tal modo que todos pensasen que estaba sana y salva al otro extremo del país. Nadie la buscaría siquiera.

Tasha comprendió: las cartas. Fue Denny quien había escrito las cartas desde Vancúver. Denny conocía el apodo de Tasha.

—Les dijo que lo mío era otra historia —prosiguió Evart—. Dijo que Lucille venía a recogerme todas las noches, y que si yo desaparecía llamaría a la policía. Pensé que estaba loco, que no iba a poder disuadirlos. Después dijo: «El viejo Evart entiende lo importante que es mantener la boca cerrada, ¿no es así, Evart? Sabe que será lo mejor para él y para su hija». Los asesinos pensaron que estaba loco. «¿Te fías de que este tipo mantenga la boca cerrada?», le preguntaron. Denny les dijo que la confianza no tenía nada que ver con ello.

De repente, Tasha lo vio todo claro.

—Fue Denny quien les oyó hablar casualmente a usted y a mi madre sobre su pasado.

—Y lo utilizó en contra de mi padre —finalizó Lucille—. Denny le dijo que si decía una palabra de lo que había pasado, avisaría a la policía y haría detener a mi padre y mandarlo de vuelta a Holanda, donde vivía antes.

—Denny tendría que haber sido vendedor —dijo Evart—, porque la verdad es que lo consiguió. Les convenció de que no tenían que matarme. Y entonces... —angustiado, reprimió un sollozo.

—Oh, Padre...

—No —dijo Evart—. Tengo que decirlo. Esos amigos... —escupió la palabra—, esos amigos de Denny nos obligaron a Denny y a mí a cavar el hoyo en el sótano. Nos tomaron fotos y dijeron que las usarían en contra nuestra si era necesario. Dijeron que éramos tan responsables de la muerte de tu madre como ellos. Y le comentaron a Denny que si alguna vez el asunto salía a la luz, moriríamos los dos.

Tasha deseaba taparse los oídos. Deseaba apartar la horrible verdad que estaba escuchando, aunque sabía que no podría, no si iba a salvar a su padre, no si iba a llevar a los verdaderos asesinos de su madre ante la justicia.

—Comprendo por qué no fue usted a la policía —dijo Jace—. ¿Pero entonces, por qué fingió su muerte? ¿Y cómo?

Evart se quedó mirando la mesa. Parecía más viejo que cuando había empezado su relato, y más pequeño. Tenía los hombros caídos.

—No me fiaba de Denny ni de sus amigos —dijo—. No quise darles la ocasión de que de vuelta a casa le contaran a la policía dónde estaba yo. Tenía que proteger a Lucille.

—Se nos ocurrió que la única manera de estar a salvo era que creyesen que mi padre había muerto —explicó Lucille—. Así que organizamos un accidente. Un accidente de coche.

—Pero ¿cómo pudieron? —Jace sacudió la cabeza—. Tenía que haber un cadáver.

Tasha recordó lo que les había dicho Enrico Zapata y dijo:

—El marido de Lucille trabaja en una funeraria.

Por primera vez, desde que habían comenzado a desentrañar la historia, Lucille evitó los ojos de Tasha.

—Herbert y yo sólo llevábamos saliendo unos pocos meses. Pero cuando le dije que necesitaba ayuda, supo exactamente qué hacer. En la funeraria en la que trabaja a veces tienen que arreglar entierros para los indigentes de la ciudad. Le contrataron para enterrar a un hombre que había muerto en el incendio de un almacén abandonado.

—¿Así que enterró a ese hombre como si fuese su padre?

Lucille hizo un gesto afirmativo.

—Desde entonces he estado escondido —dijo Evart—. Ya es hora de terminar con eso —le dedicó a Tasha una lánguida sonrisa—. Lo siento tanto —dijo—. Fue una equivocación no dar antes la cara. No pude salvar a tu madre, pero sí puedo ayudar a tu padre.

—Y le aseguro que Denny y sus amigos se llevarán su merecido —dijo Tasha en voz baja.

Durante un momento nadie habló. Después Lucille dijo:

—Te llevaré a la ciudad, padre.

Tasha intercambió una mirada con Jace. No estaba del todo segura de que Lucille aceptara que su padre saliera de su escondite.

—Creo que deberíamos coger mi coche, si les parece bien a todos —dijo Jace—. Está en la carretera, un poco más arriba.

Lucille se molestó.

—¿Significa eso que no confías en mí?

—Lucille —dijo su padre con delicadeza—, ¿le culpas de ello? Está bien. Usaremos su coche, jovencito.

Esperaron mientras él retiraba las tazas del té y se cambiaba de ropa. Después, cuando Jace abrió la puerta para dejarle pasar, se oyó un disparo, y Evart Horstbueller cayó al suelo.

XV

TASHA, JACE y Lucille volvieron a entrar a gatas en la granja, llevándose a Evart a rastras. Estaba consciente, pero su brazo derecho colgaba inerte. La sangre chorreaba desde su mano al inmaculado suelo de baldosas de la cocina. Desesperada y sollozando, Lucille les indicó el camino al cuarto de estar. Tasha y Jace acomodaron a Evart en el diván mientras Lucille subía corriendo las escaleras para coger el botiquín de primeros auxilios. Bajó también una funda de almohadón, blanca como la nieve, que rasgó en tiras. Le temblaban las manos mientras vendaba a toda prisa el brazo de su padre. Mientras, Jace cerró todas las persianas y cortinas para que no pudieran verlos desde fuera.

—¿Dónde está el teléfono? —preguntó Tasha.

—No hay teléfono, ¿no te acuerdas? —dijo Jace.

Tasha miró a Evart para que se lo confirmase y se quedó muy defraudada cuando éste lo hizo.

—Pensé que cuantos menos contactos tuviese con el mundo exterior, incluyendo la compañía telefónica, menos ocasiones habría de que alguien descubriese que aún seguía con vida —dijo él—. Lucille... —hizo una mueca de dolor—, Lucille ni siquiera me habría dejado utilizar un teléfono móvil.

Tasha miró a Lucille.

—Los teléfonos móviles no son seguros —dijo Lucille—. Es bastante fácil detectarlos. Cualquiera podría haberme oído hablando con mi padre. Y Denny sabía dónde vivía yo después de casarme...

Jace se acercó agachado a la puerta e intentó asomarse afuera. Tasha corrió hacia él y le empujó a un lado.

—Sea quien sea el que está fuera, podría verte —exclamó. Su corazón se puso a latir aceleradamente. Alguien les había disparado desde fuera. Y había herido a Evart. Esa persona podría acertarle con la misma facilidad a Jace o a ella.

—Si no hay teléfono para pedir ayuda, entonces tendremos que planear otra manera de salir de aquí —dijo Jace.

Hay un teléfono móvil en mi coche —dijo Lucille—. En el salpicadero. Estaba vendando la herida de su padre con mucha seguridad.

Eso estaba bien, pensó Tasha. El coche de Lucille se encontraba aparcado en medio del jardín, a unos treinta metros de la puerta principal. Y la persona que disparaba estaba ahí fuera.

—¿Y su pistola? —preguntó Tasha—. ¿Dónde está?

—Fuera —murmuró Lucille—. También las balas están fuera. Alguien... —miró a su padre de soslayo: tenía el rostro tan blanco como su vendaje— la vació en el jardín, ¿recuerdas?

—Entonces, el rifle —dijo Tasha. Evart lo había traído dentro de la casa.

—Es una escopeta, no un rifle. Y hace años que nadie la usa. La encontré en el granero cuando compré esta casa. Ni siquiera tengo munición.

Tasha comenzó a darle vueltas en la cabeza. No tener munición para la escopeta era ya el colmo. Aunque ella no habría sabido tampoco qué hacer con una escopeta cargada, si la tuviese.

Lucille parecía aún más desdichada que Tasha.

—Padre, creía que estábamos de acuerdo...

—¿En qué estábamos de acuerdo? —preguntó Evart Horstbueller—. ¿En que pasaría el resto de mis días viviendo como en una película del viejo Oeste? ¿En que viviría confinado en mis propias tierras con una escopeta siempre cargada en la mano? No, Lucille. No quiero eso. Nunca lo quise.

—Pero, padre...

—Perdón, odio interrumpir —intervino Jace—. Pero algo, *alguien*, acaba de moverse ahí afuera. Tenemos que hacer algo, rápido, antes de que quien quiera que sea piense que no podemos hacer gran cosa y entre dentro, y..., bueno, ya saben.

—¿No tendrás alguna sugerencia? —preguntó Lucille.

—Tenemos que llegar a su coche —dijo Tasha—. Tenemos que coger ese teléfono y avisar a la policía.

—Pero ¿cómo? —preguntó Jace mientras tamborileaba con los dedos sobre la superficie de la mesa—. Tal vez podríamos armar una especie de jaleo, distraer al que está ahí afuera para que yo pueda salir por detrás y dar la vuelta hasta el coche —sacudió la cabeza—. Es una estupidez, ¿verdad? El tipo ese tiene una pistola. Si armamos jaleo, podría empezar a disparar. Y esta vez podría matar a alguien.

Tasha lo pensó un momento. No sabía lo que habría visto el hombre de ahí fuera. ¿Estaría enterado de que Evart había lanzado la pistola de Lucille por el jardín? ¿Y de que tenían una escopeta inutilizada dentro de la casa? Supuso que no.

—Tal vez no deberíamos hacer nada —dijo finalmente.

—¿Qué? —gruñó Lucille—. ¿Piensas que si no hacemos nada, él se marchará?

—Esperará.

—No creo que espere demasiado —dijo Jace y levantó el tono de voz para continuar—: Acabo de ver algo moviéndose ahí afuera otra vez.

—Supónte que entra aquí para matarnos a todos, o por lo menos al señor Horstbueller —dijo Tasha—. Y supónte que estamos indefensos, completamente desarmados.

—Y lo estamos —dijo Lucille. Estaba resentida con su padre. Todavía le culpaba, supuso Tasha, por haber lanzado la pistola entre la maleza.

—Si no salimos de aquí, él tendrá que entrar. Si piensa

que estamos desarmados, probablemente también cree que no le puede suceder gran cosa si entra.

—Tiene razón —dijo Lucille—. Si entra aquí con una pistola, será pan comido. Y nosotros seremos el pan.

—Coge la escopeta, Jace —dijo Tasha.

—Pero no está cargada —protestó Lucille.

—Pero *él* no lo sabe, ¿verdad, Natasha? —dijo Evart con un destello en sus ojos.

—Pero...

—Coge la escopeta, Lucille —repitió Evart. Su tono dejaba claro que no había discusión posible.

—Sería mejor que tuviésemos también algo para atarle —dijo Tasha—. ¿Tiene alguna cuerda, señor Horstbueller?

—En la bodega —dijo él.

Jace se fue corriendo a cogerla.

Algo crujió en el porche justo cuando Lucille volvía con la escopeta.

—Está ahí —susurró Jace.

A Tasha se le doblaron las rodillas. Había un hombre con una pistola en el porche de Evart, un hombre que ya la había usado una vez. Se estaba acercando, y evidentemente quería hacer más daño.

—Vete a la puerta de atrás y espera allí —le dijo Tasha a Jace—. Cuando entre, corre al coche de Lucille, coge el teléfono y avisa a la policía —era una oportunidad, una buena oportunidad para que pudiera hacerlo, con tal de que quien estaba ahí fuera se quedase en la casa el tiempo suficiente, y con tal de que Jace fuera rápido.

—¿Y tú?

Tasha le cogió la escopeta a Lucille.

—Yo me colocaré detrás de la puerta principal con esto. Lucille, usted siéntese junto a su padre en el diván. Siéntese sin hacer ruido.

Jace agarró la escopeta.

—Yo me quedaré aquí —dijo—. *Tú* saldrás corriendo a por el teléfono.

Tasha sabía lo que estaba intentando hacer. Él pensaba que, una vez que el pistolero estuviese en la casa, ella no correría peligro fuera. Quería protegerla. La chica sacudió la cabeza.

—Voy a hacerlo, Jace, y no hay manera de que puedas convencerme... —dejó de hablar cuando el pomo de la puerta comenzó a girar ligeramente.

Lucille dio un grito ahogado y se hundió en el sofá junto a su padre.

Tasha hizo un gesto con la cabeza señalando la puerta del fondo, y Jace se dirigió a ella agachado. Se sentía preocupado, pero no discutió más con Tasha. Así que se colocó junto a la puerta, preparado para salir corriendo y dar la vuelta a la casa hasta llegar al coche de Lucille.

Tasha retrocedió hasta la pared que había detrás de la puerta principal. Por un lado, deseaba que el hombre se marchase y los dejara solos, pero sabía que eso no iba a ocurrir. Por otra parte, quería que todo pasara lo más rápido posible, que el hombre se diera prisa, empujase la puerta y entrase de sopetón.

La casa permanecía en completo silencio. Lucille, muy rígida, seguía sentada junto a su padre, que estaba tremendamente pálido. El vendaje de su brazo estaba empapado de sangre. Tasha se dio cuenta de que necesitaba atención médica cuanto antes. Si no la recibía, corría el peligro de morir desangrado.

Retuvo la respiración y esperó. Tiempo y realidad habían perdido todo su sentido. Jamás podría haber soñado encontrarse en aquella situación, apretujada contra una pared detrás de una puerta, con una escopeta vacía en la mano, y esperando a que un hombre armado entrase de golpe en la casa y empezase a disparar sobre ella. Era como una serie de la televisión, sólo que los héroes de aquellas películas realmente nunca temían por sus vidas. Y ella sí.

Tenía los ojos fijos en el pomo de la puerta. Dio la señal en cuanto empezó a girar.

No ocurrió nada.

Entonces, de repente el pomo dio una vuelta y la puerta se abrió de par en par. Tasha vio a Lucille muy erguida, sentada en el sofá, aterrorizada, con los ojos completamente abiertos, tapándose la boca con la mano para reprimir un grito. Y pensó: «¡Corre, Jace, corre!».

—Bueno, bueno —dijo una voz—, qué oportuno —el hombre era alto y musculoso, y tenía el pelo exactamente como lo había descrito la señora Zadoor, amarillo brillante, tan brillante como un ranúnculo—. Bueno, ¿dónde están sus amiguitos?

«Igual que en la tele», pensó Tasha y luego: «Esto es una locura. Voy a salir de detrás de esta puerta y apuntar por la espalda, con una escopeta totalmente inservible, a un hombre que es sin duda un asesino. Aún no me creo que esto me esté sucediendo a mí. Pero está sucediendo».

Salió sigilosamente de detrás de la puerta, presionó el cañón de la escopeta sobre la espalda del hombre, y dijo, en un tono tan grave que incluso a ella le sonó bastante masculino:

—Tire su pistola.

En la tele el hombre la habría dejado caer. En la tele las dos personas sentadas en el diván se habrían levantado de un salto y le habrían atado las manos al hombre. Después habría un anuncio, y acto seguido la policía se presentaría allí y se haría justicia.

Pero aquel hombre no dejó caer la pistola. Tasha diría que ni siquiera la bajó. Y dijo con un tono de voz muy tranquilo:

—¿Qué tenemos aquí? ¿Qué piensas hacer, niña...?

¿Cómo sabía que era una niña?, se preguntaba Tasha. Debía de haberles visto. Había visto dos adultos y dos adolescentes, y había dos adultos frente a él. Por el tono de su voz y por la forma en que estaba allí parado, sosteniendo la pistola, era evidente que no se equivocaba.

—¿Qué piensas hacer, niña? ¿Dispararme por la espalda? —dijo como si supiese que no lo haría, incluso aunque tuviera cargada el arma. Que no lo estaba, y estaba claro que eso también lo sabía—. No lo creo —continuó el hombre, con voz burlona, como si estuviese hablando con una niña pequeñita.

Se ladeó ligeramente y Tasha vio una cicatriz irregular en su mejilla. La señora Zadoor tenía razón. Parecía un pájaro, aunque Tasha jamás habría sabido de qué clase. Sólo una cosa era segura: aquel era el hombre que había empujado a la señora Mercer por las escaleras. Aquel era el hombre que le había disparado a Evart Horstbueller. Si ella no hacía algo, cualquier cosa, él era capaz de hacer lo peor.

Levantó la escopeta en vertical para poder agarrar el cañón con la mano, y cuando el hombre se dio la vuelta, le pegó lo más fuerte que pudo. La culata de la escopeta rebotó en la cabeza del hombre y le hizo tambalearse. Su pelo salió disparado, dejando otro al descubierto. Tasha tardó un momento en darse cuenta de que el brillante pelo amarillo era una peluca.

El hombre soltó un taco. Tasha hizo una mueca. Mal asunto. Si podía soltar tacos, es que no había perdido el conocimiento. Nada salía en la vida real como en la televisión. Aunque se le cayó la pistola y salió dibujando una parábola en el aire. Hombre y pistola cayeron al suelo más o menos al mismo tiempo, aunque separados por un par de metros. Tasha se tiró por el arma. Lucille se precipitó sobre un gran jarrón de cerámica.

Desde el suelo, el hombre gruñó y sacudió la cabeza para despejarse. Comenzó a enfocar la vista en el preciso momento en que vio a Tasha aferrar la pistola. Dejó escapar un rugido y se abalanzó hacia delante a cuatro patas intentando ponerse en pie.

Tasha sostenía la pistola con manos temblorosas. Ésa sí estaba cargada. Podía hacer daño de verdad. ¿Y si apretaba el gatillo? ¿Y si la pistola se disparaba? ¿Y si no le daba a la persona que avanzaba hacia ella, sino a otra? ¿A Lucille o a Evart?

Al verla vacilar, el hombre adoptó una malévola expresión. Estiró una mano.

—Está bien, niña —dijo—. Pásame la pistola. Pásamela antes de que te hagas daño.

Y, de repente, se derrumbó sobre el suelo entre los cascos de cerámica. Lucille se quedó parada detrás de él, asombrada de su éxito. Había derribado al gigante.

Tasha bajó la vista para fijarla en la pistola de su mano, y después la levantó de nuevo para mirar a Evart. Él alargó la mano y ella le entregó el arma, agradecida.

—Será mejor que le atemos —propuso Lucille—, antes de que despierte.

En ese momento, se quedaron helados cuando escucharon un crujido afuera, en el porche. ¡Oh no!, pensó Tasha. ¿Y si Cara de Pájaro no había ido allí solo? ¿Y si había alguien con él? ¿Y si ese alguien había atacado a Jace y ahora estaba ahí fuera en el porche, preparándose para liarse a tiros con ellos? ¿Y si...?

—¿Jace? —gritó Tasha con sigilo—. ¿Jace, eres tú?

—¿Tasha? ¿Tasha, estás bien?

Tasha no abrió la puerta, ahora no. El cómplice, si es que el hombre tendido en el suelo al que estaba atando Lucille tenía un cómplice, podría haber capturado a Jace y seguramente ahora estaba apuntándole con una pistola en la cabeza.

—¿Estás bien, Jace? —preguntó Tasha.

—Sí. ¿No hay peligro para entrar?

Tasha echó un vistazo a Evart. El hombre debía pensar lo mismo, porque centró toda su atención en la puerta principal mientras sujetaba la pistola firmemente por la culata.

—Sí, no hay peligro —gritó Tasha—. Entra.

Contuvo el aliento cuando la puerta se abrió. Jace estaba solo. Llevaba un teléfono portátil en la mano.

—He avisado a la policía. Están en camino —dijo. Se quedó mirando al hombre tendido en el suelo, y después a Lucille mientras le ataba—. ¿Te acuerdas de cuando creías que nos estaban siguiendo, Tash? Hay un coche negro aparcado en la carretera, más arriba. Creo que pertenece a este tipo.

—Es él —dijo Evart con voz ronca—. Natasha, es el que asesinó a tu madre.

Tasha se quedó mirando al hombre con la cicatriz en forma de pájaro en la mejilla. Era un hombre alto con la nariz torcida, como si se la hubiese partido al menos una vez, y manos grandes con nudillos nudosos. Manos de asesino, pensó. Era él... Ése era el hombre...

—¿Tasha? —le pareció que la voz de Jace le llegaba desde una distancia de un millón de millas. Toda la habitación parecía dar vueltas a su alrededor—. Eh, Tasha, estás terriblemente pálida...

No pudo aguantarlo más. Salió disparada de la casa, cruzó corriendo el jardín hacia el monte, y vomitó todo lo que había comido aquel día. Después, se echó a llorar.

XVI

SIEMPRE QUE Tasha había pensado en ello —y lo había hecho a menudo—, creía que ocurriría de la siguiente forma: ella encontraría la pieza mágica de la prueba que necesitaba, el único hecho incontrovertible que obligaría a la policía a reconocer que su padre no pudo haber hecho aquello de lo que le acusaban. Y le pondrían en libertad de inmediato. En sus pensamientos, ponía énfasis en la palabra «inmediato». Su padre era inocente, por consiguiente sería libre de marcharse.

En realidad, su puesta en libertad no fue ni mucho menos inmediata; los detectives Marchand y Pirelli le hicieron a Tasha un millón de preguntas. Después quisieron hablar con Evart Horstbueller a solas. Tardaron una eternidad. Más tarde Tasha se enteró de que le hicieron repetir la historia infinidad de veces. Finalmente, basándose en lo que él les había contado, añadieron una acusación de asesinato a la de asesinato frustrado que ya había en contra de Cara de Pájaro. También enviaron a alguien para que fuera a buscar a Denny Durant. Sólo entonces, horas después de que Tasha y Jace, Lucille Marcuse y Evart Horstbueller hubiesen llegado a la comisaría con Cara de Pájaro, retiraron todos los cargos contra Leonard Scanlan.

—¿Y el tercer hombre? —preguntó Tasha—. Aquella noche había dos hombres con Denny en el Café.

—Tenemos la descripción que nos ha dado el señor Horstbueller —dijo la detective Marchand—. Y tengo el presentimiento de que conseguiremos que Denny coopere con nosotros.

Tasha asintió y dijo:

—Quiero ver a mi padre.

—Te llevaremos al hospital —comunicó la detective Marchand.

—No es necesario, ya la llevaré yo —dijo Jace.

La detective Marchand se encogió de hombros.

—Claro, como quieras. Aunque iré con vosotros. Yo detuve a tu padre. Me gustaría estar allí cuando sepa que es un hombre libre.

Aunque viviese cien años, y llegase a olvidar todo sobre su vida —su infancia, la dirección de la primera casa en la que vivió, su propio nombre—, Tasha sabía que jamás olvidaría el momento en que su padre se enteró de que ya no estaba detenido. Sus ojos, al principio apagados, se abrieron de par en par, se encendieron como un fuego al que se echa aire con un fuelle, e hizo un esfuerzo para sentarse en la cama. Por un momento se quedó mirando a la detective Marchand, después abrió la boca y pronunció una sola palabra:

—Gracias.

—Es a su hija a quien tiene que dar las gracias —dijo la detective—. Ella se negó a creer que era usted culpable. Y tenía razón. Lo ha demostrado.

Leonard Scanlan se volvió hacia Tasha y extendió los brazos. Ella corrió hacia él y sintió una nueva energía cuando le abrazó.

—¿Papá?

Leonard Scanlan levantó la vista de la salsa que estaba removiendo. En el otro extremo de la cocina, tía Cynthia cortaba verduras para una ensalada.

—Hay algo que no entiendo, papá —Tasha dudó. ¿Y si su padre no quería contestar a su pregunta? ¿Y si sólo conseguía remover recuerdos dolorosos y volvía a entristecerle de nuevo? No podía soportar la idea de decirle algo que le doliese, después de lo que había intentado hacerse en la cárcel.

—¿De qué se trata? —preguntó él.

¿Debía preguntarlo? Ella quería saber —y cómo—, ¿pero no sería peor la respuesta que la pregunta? ¿Acabaría lamentándolo?

—Cuando te fuiste aquella noche, dijiste que saliste a conducir, ¿pero *adónde* fuiste? —preguntó Tasha por fin—. ¿Estuviste buscando a mamá para intentar traerla de vuelta?

Leonard Scanlan bajó la vista, pero no tardó mucho en levantarla.

—Traté de imaginarme cómo me las iba a arreglar sin ella —dijo después—. Tu madre y yo nos habíamos distanciado tanto. Creí..., creí que tal vez había encontrado a otro y que por eso me abandonaba. No sabía cómo iba a seguir sin ella —su voz se quebró. Hizo una pequeña pausa, y Tasha se dio cuenta de que hacía un esfuerzo para controlarse—. Siento haberte dejado sola, pero tenía que pensar. A final decidí regresar a casa y esperar a ver qué haría tu madre después. Y más tarde recibí esas cartas...

—Denny las escribió.

—Ahora lo sé —dijo su padre. Sus ojos se llenaron de lágrimas—. Todos estos años he sido socio de alguien que sabía lo que había pasado, alguien que estaba implicado en ello y que nunca me dijo nada. ¡El asesino era un viejo compañero suyo! Todos estos años...

—No podías saberlo, papá.

—Si por lo menos hubiese hecho lo que deseaba tu madre. Si le hubiera dado una oportunidad. No se habría ido al Café aquella noche. No se habría visto envuelta en aquella terrible situación. No habría...

Si por lo menos. Las palabras más tristes. Tasha se levantó y se dirigió hacia su padre:

—No podías saberlo, papá. Nadie lo sabía.

Su padre sacudió la cabeza, como si no quisiese aceptar lo que ella decía. Por fin, dijo a regañadientes:

—Lo sé. Y sé que aunque la hubiese escuchado, no había ninguna garantía de que se hubiera quedado. Nos habíamos distanciado tanto. Igual se habría marchado algún otro día. En ese caso todo hubiese sido distinto para ti, Tasha. No te habrías pasado los últimos cinco años preguntándote qué había pasado y por qué nunca se ponía en contacto contigo.

Tasha parpadeó con fuerza para evitar las lágrimas.

—Está bien, papá —susurró—. Está bien.

Se abrazaron uno a otro durante un largo rato.

Más de cinco años después de su muerte, a Catherine Scanlan se le hizo un entierro apropiado. Tasha esperaba sentir una terrible pena durante el funeral. En lugar de ello tuvo la sensación de que algo había terminado, junto con el alivio de que ya todo había pasado.

Cuando ella y Leonard Scanlan salieron del cementerio, se les acercaron los detectives Marchand y Pirelli.

—Edith Mercer recuperó ayer el conocimiento —les anunció la detective—. Pensamos que te gustaría saberlo.

—¿Se encuentra bien? —preguntó Tasha.

—Los médicos creen que si tiene suerte se recuperará casi totalmente —sonrió a Tasha con dulzura—. La anciana confirmó la historia de la señora Zadoor. La empujaron por las escaleras, y fue un hombre con una cicatriz en forma de pájaro.

—El mismo que asesinó a mi madre— dijo Tasha.

La detective Marchand asintió.

—Al parecer la señora Mercer estuvo sentada frente al ventanal aquella noche. Vio llegar a tu madre en un taxi. Unos minutos más tarde, vio salir a un hombre del Café y pagar al taxista. Ese hombre, Cara de Pájaro, echó un vistazo al edificio y la vio mirando por la ventana. Al día siguiente se le acercó por la calle y le dijo: «Algunas personas son demasiado entrometidas; la curiosidad mató al gato». La señora Mercer creyó que le estaba hablando de algo que tenía que ver con la mala reputación de la gente que rondaba por el Café. No volvió a pensar en ello hasta después de que apareciera el cadáver de tu madre, cuando vio al mismo hombre por los alrededores de su apartamento vigilándola.

—¿Se refiere a Cara de Pájaro?

La detective Marchand asintió.

—Le vio dos veces. Le dio miedo, porque empezaba a entender lo que había visto hacía cinco años.

—Si tenía miedo —preguntó Tasha—, ¿por qué nos invitó a Jace y a mí a subir a su apartamento?

—Creo que le pilló de sorpresa. Y posiblemente sintió lástima por ti. Aunque no estaba preparada para tus preguntas. La verdad es que comenzó a agobiarse cuando empezaste a preguntarle qué era lo que había visto aquella noche. Y cuando Denny te siguió y descubrió que habías hablado con la señora Mercer...

—Intentó quitársela de en medio.

La detective Marchand hizo un gesto afirmativo.

—Envió a Cara de Pájaro para hacerla callar.

Tasha asintió. Pero había una cosa que aún no comprendía.

—¿Por qué llevaba esa peluca y de ese color tan llamativo?

—Quizá para desviar la atención de su cicatriz —dijo la detective Marchand—. De ese modo buscaríamos a una persona de pelo amarillo. Y ¿sabes, Tasha? Yo acerté con Denny.

Estaba demasiado dispuesto a colaborar. Nos dijo quién era el tercer hombre. Le hemos cogido esta mañana.

Tasha asintió. Por fin su madre descansaría. Ahora sólo faltaba que Denny y sus amigos fuesen llevados ante la justicia.

—¿Qué va a pasarle a Evart Horstbueller?

La detective Marchand se encogió de hombros.

—Tiene que volver a Holanda para aclarar las cosas. Han retirado la acusación de homicidio contra él. Al parecer la retiraron hace cuatro años. Parece que el verdadero asesino le confesó a alguien lo que había hecho, y esa persona lo denunció a la policía.

—¿Quiere eso decir que Evart Horstbueller se ha estado ocultando todos estos años por *nada*?

—Eso parece —dijo la detective—. Aún tiene que responder por los cargos relacionados con su huida de Holanda. Y, por supuesto, está lo de su inmigración ilegal a Canadá, además de que fingió su muerte para quitarse de en medio. Aunque creo que todo le irá bien. Su hija está bien establecida aquí, y parece que es una buena persona, aparte de haber tomado parte en un entierro simulado. Creo que podrá volver —parecía sincera—. Bien está lo que bien acaba, imagino.

Tasha asintió.

—Gracias por venir —le dijo a los detectives.

—Gracias por avisarnos.

—¿Y bien? —preguntó Tasha. Alzó los brazos y dio una vuelta con su nuevo vestido azul—. ¿Qué te parece?

Tía Cyntia levantó la vista de la blusa que estaba planchando y susurró:

—¡Estás estupenda!

—Demasiado estupenda, si me preguntas a mí —dijo Leonard Scanlan—. ¿Adónde vas a ir exactamente?

—A la calle —dijo Tasha—. Tengo una cita.

Su padre enarcó una ceja.

—¿Una cita? ¿Con quién?

Tasha se rió.

—¿Tú qué crees, papá? Con Jace —«por fin», añadió para sus adentros. No iban a ver una película sólo como viejos amigos. Iban a tener una auténtica cita, como dos personas que eran más que amigos.

—Que lo pases muy bien —le deseó tía Cynthia—. Y procura levantarte temprano mañana. Trataré de coger un vuelo a primera hora de la tarde, aunque me gustaría prepararos un almuerzo especial antes de que me vaya. Podrías decirle a Jason que viniese...

—¿Mañana? —Tasha miró a su padre—. Pero yo creía...

Su padre sonrió maliciosamente. Rodeó con un brazo los hombros de su cuñada.

—Hay algo que quería preguntarte, Cynthia —dijo—. Verás, me encuentro con tres restaurantes y sin socio. Tal vez...

Sonó el timbre de la puerta y Tasha salió disparada para abrir. Estaba segura de que su padre y su tía planearían algo interesante. Mientras tanto, ella tenía intención de pasar la mejor velada de su vida.

Títulos publicados

Fantasía

1. Camaleones *Kate Thomson*
2. La colina de Belin *Catherine Fisher*
3. El hijo de la Hechicera *Catherine Fisher*
4. La criatura de las tinieblas *Catherine Fisher*
5. El caballero que quería volar *Andrés Llamas*
6. Ladrones de almas *Catherine Fisher*
7. El jardín de medianoche *Philippa Pierce*

Humor

1. Caralampio Pérez *Juan Muñoz Martín*
2. Mi casa parece un zoo *José María Plaza*
3. El inspector de mentiras *Fernando Pulin*
4. Internet y salchichas al curry *Joachim Friedrich*
5. Svenia se ha enamorado *Christian Bieniek*
6. Un corte de pelo y una sonrisa *Carlos Puerto*
7. El laboratorio del doctor Nogueira *Agustín Fernández Paz*

Misterio

1. Cartas de invierno *Agustín Fernández Paz*
2. Voces de la nada *André Minninger*
3. La tumba vacía *André Marx*
4. Amsterdam Solitaire *Fernando Lalana*
5. ¿Quién acecha los sueños? *Sue Welford*
6. Un cadáver en el sótano *Norah McClintock*
7. Las pistas del diablo *Ben Nevis*

Ciencia ficción

1. Las voces del futuro *Jordi Sierra i Fabra*
2. El factor fusión *Carol Matas*
3. Viaje a Zanu *Carol Matas*
4. Yo, y nadie más *Carol Matas*
5. La ciudad de las estrellas *Sue Welford*
6. Experimento Hex *Rhiannon Lassiter*
7. Nox perpetua *Javier Negrete*

Títulos publicados

Misterio

1. Cartas de invierno *Agustín Fernández Paz*
2. Voces de la nada *André Minninger*
3. La tumba vacía *André Marx*
4. Amsterdam Solitaire *Fernando Lalana*
5. ¿Quién acecha los sueños? *Sue Welford*
6. Un cadáver en el sótano *Norah McClintock*
7. Pistas del diablo *Ben Nevis*
8. Doble asesinato en la abadía *Jacqueline Mirande*
9. Noche de angustia *André Marx*
10. Escrito sobre la piel *Fernando Lalana y José María Almárcegui*

Ciencia ficción

1. Las voces del futuro *Jordi Sierra i Fabra*
2. El factor fusión *Carol Matas*
3. Viaje a Zanu *Carol Matas*
4. Yo, y nadie más *Carol Matas*
5. La ciudad de las estrellas *Sue Welford*
6. Experimento Hex *Rhiannon Lassiter*
7. Nox perpetua *Javier Negrete*
8. El asesino temporal *Pedro López Murcia*
9. Los últimos de la tierra *Marilyn Kaye*
10. Lior *Núria Pradas*
11. Hex: sombras *Rhiannon Lassiter*